LA FORTUNE

DE

JEHAN PIQUIER

SÉRIE 14

N° 1408

« Voilà un joli manoir, vers l'ouest, et bien planté sur son haut rocher. »

LA FORTUNE

DE

JEHAN PIQUIER

PAR

LÉON LAMBRY

TOURS

MAISON ALFRED MAME ET FILS

LA FORTUNE
DE
JEHAN PIQUIER

CHAPITRE PREMIER

DEUX VOYAGEURS MYSTÉRIEUX

Le 10 novembre de l'année 1449, deux cavaliers suivaient la route qui va de Cherbourg à Beaumont. Cette route n'était alors qu'un mauvais chemin et Beaumont qu'un tout petit village. Les cavaliers galopaient malgré les ornières et, de temps en temps, tournaient la tête comme pour s'assurer qu'ils n'étaient pas suivis. Le soleil venait de se lever et la journée s'annonçait belle. Devant la deuxième maison du village, ces cavaliers s'arrêtèrent et contemplèrent un instant une enseigne ornée d'une mauvaise peinture, au-dessus de laquelle étaient inscrits ces mots :

« Icy, le vin est bon ! »

« L'auberge a belle apparence, » dit le plus vieux des deux hommes, qui pouvait avoir cinquante ans.

Son visage bronzé et ses membres trapus dénotaient un soldat habitué à la vie au grand air; il avait d'ailleurs au côté une longue épée et, sous son manteau, à la mode du temps, étincelait le fer d'une cuirasse.

« Nous serons très bien, fit l'autre cavalier. En montant sur la terrasse, il nous sera facile d'observer les environs. »

A ce moment, le maître du logis parut sur le pas de la porte.

« Entrez, messeigneurs, » dit-il en ôtant humblement son béret.

Puis, il se retourna vers un jeune homme qui marchait à quelques pas derrière lui :

« Pierre, ordonna-t-il, prends la bride des chevaux et conduis-les à l'écurie.

— C'est inutile, dit l'un des voyageurs, mettez-les simplement à l'abri, nous resterons peu de temps.

— Et... si ton vin n'est pas aussi bon que le promet l'enseigne, nous partirons tout de suite, ajouta l'autre.

— Oh! je ne crains rien à ce sujet, magnifiques seigneurs; je puis vous assurer, sans me vanter, que mon vin est le meilleur du pays!

— Nous verrons, nous comparerons!... » reprit l'homme au visage bronzé.

Il allait ajouter autre chose, lorsque son compagnon lui lança un coup d'œil et la parole s'arrêta dans sa gorge.

« Allons, apporte ton vin! se borna-t-il à dire, et, comme je suppose que ce jeune seigneur ne voudra pas se contenter de si peu, donne-nous également quelque chose à manger.

— Vous serez obéi, messire; j'ai de quoi satisfaire les plus forts appétits. Nous avons ici du fromage, du pain, des œufs. Je peux tordre le cou à un poulet. Je peux...

— Très bien, cours à tes fourneaux! Apporte le fromage, le pain, l'omelette et tout ce que tu voudras. »

Le patron partit comme un trait, malgré son gros ventre, et fit signe à Pierre de conduire les voyageurs au premier étage, où se trouvait la seule belle chambre de la maison.

Sitôt entré dans sa cuisine, maître Benoît, le propriétaire du logis, secoua son monde d'importance :

« Allons, au travail! Vite! Nous avons ce matin des hôtes de marque! »

La cuisinière se précipita vers son fourneau, la patronne se mit à plumer un poulet, tandis que Philippe, son fils aîné, courait au jardin chercher une salade.

Pendant ce temps, maître Benoît ne restait pas inactif; il tirait d'une vaste armoire le pain, le fromage, les assiettes et tout ce qu'il fallait pour servir dignement les voyageurs.

« Ce sont de grands seigneurs, à coup sûr, disait-il à mi-voix. Mais comment se fait-il qu'ils s'arrêtent ici, au village de Beaumont,... et de si bon matin? »

Pierre, qui rentrait à ce moment, après avoir accompagné les voyageurs, répondit pour flatter son maître :

« Croyez-vous, patron, que votre enseigne ne soit pas célèbre dans toute la région? N'est-ce pas chez vous que l'on boit le meilleur vin de France? Les étrangers eux-mêmes ne le dédaignent pas! Vous souvenez-vous de ce gros capitaine anglais qui, deux fois de suite, eut l'audace de venir jusqu'ici? Il n'y a rien d'aussi bon, disait-il dans son mauvais français, que le vin de maître Benoît.

— Hum! murmura l'aubergiste dont le visage se rembrunit, mauvaise race que ces Anglais! Si les deux voyageurs de ce matin n'étaient pas des nôtres, il vaudrait mieux leur donner mon plus mauvais cidre que de cet excellent vin dont tu parles. »

Pierre jugea prudent de ne pas insister, il prit sur la table les deux bouteilles que venait de préparer maître Benoît et se hâta de les monter à l'étage supérieur avec le pain et le beurre. Il se dépêcha, comme nous l'avons dit, mais pas assez au gré du patron, qui trouva que son absence se prolongeait un peu trop.

Lorsque notre ami rentra dans la cuisine, l'aubergiste paraissait furieux.

« Ah çà! dit-il, que deviens-tu? On n'a pas idée de mettre un temps pareil pour faire le service!

— Un temps pareil! s'exclama le garçon. Eh! cinquante-trois marches à monter ne sont pas une petite affaire!

— Comment, cinquante-trois? Tu sais bien, méchant drôle, qu'il n'y a que ce nombre pour aller jusqu'à la terrasse.

— Précisément, patron, reprit Pierre sans s'émouvoir, c'est sur la terrasse que vos voyageurs se sont installés et c'est là qu'ils m'ont ordonné de mettre leur couvert. »

Maître Benoît, au comble de la surprise, s'arrêta au milieu de la pièce, les mains sur les hanches et son béret en arrière.

« Hein! cria-t-il. Sur la terrasse... au mois de novembre?

— La journée est belle, répondit le garçon : ces deux seigneurs ont déclaré qu'il leur serait agréable de jouir de cette douce température et de regarder le paysage.

— Quel paysage?

— Dame! la vallée est large. Et puis, il n'y a pas que cela. On voit aussi le bourg qui est au pied du château. A droite, c'est la plaine, mais à gauche il y a la roche imprenable sur laquelle s'élève le castel Beaumont, et les deux voyageurs s'intéressent sans doute beaucoup à cette vue, car je les ai trouvés assis sur le petit mur.

— Que faisaient-ils?

— Patron, je peux me tromper; mais je crois que le sire de Beaumont ne doit pas les compter au nombre de ses amis.

— Pourquoi?

— Parce qu'ils examinent la vallée qui s'étend d'ici à la roche avec une attention!...

— Hum! fit encore maître Benoît, s'ils étaient Anglais, ce serait une mauvaise affaire. Il faudrait que je m'en assure.

— Patron, interrogea Pierre, voulez-vous que je leur monte le poulet?

— Non. Je le porterai moi-même tout à l'heure, lorsqu'il sera bien rôti. En attendant, grimpe là-haut, et vois si ces seigneurs n'ont pas besoin de toi. »

Dès que Pierre fut parti, l'aubergiste se mit à réfléchir profondément. Il aimait le sire de Beaumont, si bon pour les vassaux, et ne redoutait rien tant que les Anglais. Sa perplexité actuelle n'avait donc rien qui puisse surprendre le lecteur.

« Que peuvent-ils faire sur la terrasse? se demanda-t-il. Pourquoi observent-ils le pays avec autant d'attention, au lieu de manger dans la salle du premier? »

Il activait le feu tout en songeant de la sorte, si bien que le poulet ne tarda pas à être cuit à point.

« Donne-le-moi, » lui dit alors dame Gertrude, sa femme.

Et elle le plaça dans le plus beau plat qu'elle put trouver.

« Tu ne vas pas le monter toi-même, je suppose?

— Mais si!

— Ce n'est pas ton affaire.

— Au contraire! On se méfie moins d'une femme que d'un homme et, en m'y prenant bien, j'apprendrai sans doute quelque chose. »

— C'est que... j'aurais voulu... Enfin, tu as peut-être raison. »

Dame Gertrude ne répondit rien; elle gravit rapidement l'escalier et gagna la terrasse.

A ce moment Gilbert Bute, l'aîné des voyageurs, parlait à son compagnon. Il s'arrêta net, en apercevant quelqu'un.

« Messire!... » commença dame Gertrude.

Gilbert Bute l'interrompit.

« Bonne dame, vous avez fait rapidement les choses.

— Messire, répondit la brave femme, en posant le plat sur la table, je craignais que vous ne portiez mauvais jugement sur notre auberge.

— Hein! que dites-vous là? Nous avons d'ici une vue magnifique.

— Un peu fermée, pourtant.

— Vous êtes difficile! reprit Gilbert Bute, en découpant le poulet. Ces collines sont de mon goût. Elles doivent cacher une autre route, n'est-ce pas?

— Une route, c'est beaucoup dire, messire.

— Un chemin peut-être?

— Oui, un chemin assez mauvais.

— Qui mène à Cherbourg?

— C'est bien cela.

— Voilà un joli manoir vers l'ouest, et bien planté sur son haut rocher.

— Un véritable nid d'aigles, dit avec un air d'indifférence messire Juan Scilly, le compagnon de Gilbert.

— Mes nobles seigneurs, je crois...

— N'est-ce pas là le castel Beaumont?

— Précisément, répondit dame Gertrude en regardant ses hôtes du coin de l'œil.

— Dites-moi, bonne dame, prononça avec lenteur Juan Scilly, n'y a-t-il pas une route qui mène au nid de l'aigle, je veux dire au castel Beaumont?

— Messire, il y a la route que vous suiviez tout à l'heure; elle conduit au bourg que vous voyez là-bas, au pied de la roche.

— Oui, sans doute, celle-là, nous la connaissons; mais je désirerais savoir s'il n'y a pas un chemin de traverse. Derrière les rochers, par exemple? Ou bien un sentier qui contournerait ce bouquet d'arbres. Le castel n'est pas inaccessible, que diable, et vous connaissez le pays!

— Ouvrons l'œil, se dit dame Gertrude, ces gens-là sont des Anglais ou je ne connais plus le jour de la Saint-Sylvestre. »

Et, à haute voix, elle continua :

« Non, messire. Il y a bien quelques sentes, mais le mieux est de n'en pas parler; elles sont bonnes tout au plus pour les chèvres, et vos chevaux ne pourraient pas les suivre.

— Mauvais, cela! cria Gilbert en frappant du poing sur la table. Nous voulons un chemin praticable, et non un sentier de chèvres, comprenez-vous?

— Je comprends très bien, messire, se hâta de répondre dame Gertrude; mais... les routes attirent parfois les ennemis.

— Et les sentiers n'invitent pas les amis, reprit Juan Scilly de sa voix calme. Or, le sire de Beaumont, votre maître, doit avoir beaucoup d'amis, s'il est, comme on l'assure, courtois et loyal.

— On peut ajouter : juste et humain! s'exclama maître Benoît, qui arrivait; et parmi toute la noble lignée des Beaumont, il n'y eut jamais un seigneur plus digne de l'amour et de la vénération du peuple. »

Gilbert esquissa une sorte de grimace; mais un regard de Juan Scilly le fit tenir tranquille.

« Tu l'aimes beaucoup? demanda ce dernier en s'adressant à l'aubergiste.

— Beaucoup, messire, ce n'est pas assez dire. Nous sommes de pauvres gens, mais s'il nous fallait nous jeter au feu pour lui... »

Et, dans son enthousiasme, maître Benoît fit le geste de quelqu'un qui s'apprête à se jeter dans le feu.

« Doucement! dit Gilbert Bute avec un franc éclat de rire. Nous ferons savoir à ton noble maître qu'il peut compter sur toi en cas de besoin.

« A ta santé en attendant. »

Et il vida son verre d'un trait.

« Ce ne sont pas des Anglais, pensa dame Gertrude, je m'étais trompée. »

Et, emportant les assiettes vides, elle redescendit vers sa cuisine.

« Je suis bien heureux de vous entendre parler de la sorte, s'écria maître Benoît.

— Pourquoi? demanda Juan Scilly toujours froid et songeur.

— Parce que je suppose,... il me semble... que vous êtes des amis de notre excellent maître. Vous venez sans doute pour lui faire une surprise?...

— Une surprise, c'est bien cela! » s'exclama Gilbert en riant plus fort que tout à l'heure.

Cet éclat de rire fit de nouveau perdre contenance à l'aubergiste.

« Voici l'omelette, messire, » dit-il en voyant paraître Pierre, qui, pendant la conversation précédente, était descendu à la cuisine.

Et, prenant le plat des mains du jeune garçon, il le plaça devant Gilbert Bute.

« Oh! fit celui-ci, ton omelette est superbe, elle brille comme un écu d'or anglais... Au fait, tu n'aimes guère cette monnaie, je crois?

— L'argent de l'ennemi est toujours bon à prendre! prononça gravement Juan Scilly.

— Vous dites bien, messire, répondit en riant l'aubergiste; c'est le meilleur de ces gens-là! »

Juan Scilly fronça imperceptiblement les sourcils.

« Quelle est cette colline? interrogea-t-il en désignant une petite élévation.

— C'est le mont de la Perche, messire.

— Elle semble dominer le castel, et à la place de ton maître, je craindrais fort de voir quelque jour un Anglais me tomber sur le dos de ce côté.

— Oui, si cet Anglais avait des ailes, répondit malicieusement maître Benoît.

— Il n'y a donc aucun sentier pour gravir la hauteur?

— Une petite sente à demi effacée; mais, d'ailleurs, cette colline est éloignée de la roche, et le castel Beaumont est imprenable. Les Anglais se sont emparés de Cherbourg, de Valognes et même de Caen; les Anglais ont planté leur bannière sur les murs de Rouen, mais ils n'ont pas encore le castel Beaumont! »

Juan Scilly fronça de nouveau les sourcils.

« Les routes romaines avaient décidément du bon, dit Gilbert en vidant pour la troisième fois son verre, et ton vin aussi a du bon. Montes-en un autre flacon! Du pareil surtout!

— Oui, messire. Pierre va de suite descendre en chercher. »

Sans attendre davantage, le jeune garçon courut vers l'escalier.

L'aubergiste renoua la conversation :

« Vous avez dû faire une longue course, messeigneurs, pour venir jusqu'à Beaumont?

— Très longue, répondit Gilbert la bouche pleine.

— S'il m'était permis de vous demander?...

— Ah çà, aubergiste de malheur! interrompit le joyeux buveur, moitié riant, moitié fâché, tu veux donc absolument connaître notre itinéraire?

— Excusez, messire. Je voulais dire, comme nous savons que notre maître attend précisément quelqu'un... »

Gilbert Bute allait répondre, mais son compagnon comprit tout le parti qu'il pouvait tirer du bavardage de l'aubergiste.

« Il attend quelqu'un? interrogea-t-il de sa voix calme, sans que bougeât un seul muscle de son visage.

— Dame! vous savez, messire, nous autres, nous répétons ce qui se murmure dans le pays. C'est un simple bruit qui court, et comme nous n'aimons guère les Anglais...

— Alors?... »

L'aubergiste hésitait, partagé entre la crainte d'en dire trop et le désir de paraître malin. Juan Scilly vit tout de suite qu'il fallait le prendre par l'orgueil.

« Voyons, dit-il, tu as déjà deviné une partie de nos projets en disant que nous voulions faire une surprise au sire de Beaumont, tâche de découvrir le reste. »

Maître Benoît devint rouge de plaisir et sentit son cœur se gonfler d'orgueil.

« Eh! messire, vous en savez plus long que moi! s'exclama-t-il. On parle ici d'un certain capitaine, que le connétable de Richemont doit envoyer à notre excellent maître... pour l'aider à repousser les Anglais. »

Juan Scilly, toujours impassible, allait poser à son

hôte une nouvelle question, lorsque Pierre reparut, tenant en main un flacon rempli d'un vin couleur de rubis. Les yeux de Gilbert Bute brillèrent de plaisir.

« Patron, fit Pierre essoufflé, il y a en bas messire Jehan Piquier qui veut vous parler. »

En disant cela, le jeune garçon posait le flacon sur la table.

« Que me veut-il? demanda maître Benoît.

— Je ne sais pas.

— Ne pouvais-tu lui dire que j'étais occupé? que j'avais de nobles voyageurs à servir? que...

— Je lui ai dit tout cela, mais il veut vous voir quand même.

— Ce doit être un personnage important? observa Gilbert.

— N'en croyez rien, messire; ce Jehan Piquier est un jeune homme moitié paysan, moitié soldat, qui se croit un grand seigneur parce que le sire de Beaumont le traite avec bonté.

— Vraiment?

— Un orgueilleux, qui vit dans un rêve et qui n'a jamais bu un verre dans mon auberge.

— Raison de plus pour descendre. Tu vas voir, maître Benoît, qu'il videra aujourd'hui toute ta cave.

— D'ailleurs, nous partons. Fais serrer la sangle à nos chevaux.

— Vous serez obéis, messire. Je vous offrirai moi-même le coup de l'étrier.

— C'est bien, dit Juan Scilly en tirant de sa poche un écu d'or. Prends ceci pour toi. »

L'aubergiste s'inclina jusqu'à terre.

« Messire, balbutia-t-il, Votre Grandeur me comble. Je ne sais comment vous remercier. Vous êtes aussi généreux que grand capitaine. Je sais votre nom, maintenant, magnifique seigneur. Mon pressentiment ne m'avait pas trompé; c'est bien vous le comte de Clermont. »

Un sourire imperceptible effleura les lèvres de Juan Scilly, tandis que maître Benoît, toujours incliné, sortait à reculons.

Pierre suivit son maître, et les deux mystérieux voyageurs restèrent seuls.

Gilbert Bute ouvrait des yeux étonnés. Un peu troublé par les vapeurs du vin, il regarda son compagnon de l'air d'un homme qui n'a plus ses idées nettes et demanda :

« Pour qui donc vous prend-il?

— Laisse-le dire, répondit Juan Scilly. Il est venu ici pour nous faire parler, et c'est lui qui m'a appris ce que je voulais savoir. Le comte de Clermont n'entrera pas en Normandie. »

CHAPITRE II

JEHAN PIQUIER S'EXPLIQUE

Tout en se frottant les mains, maître Benoît descendait l'escalier. Il avait mis dans une bourse en cuir l'écu d'or du généreux cavalier et se félicitait tout bas de l'habileté dont il croyait avoir fait preuve.

Arrivé dans la cuisine, il se retourna vers Pierre et lui ordonna d'aller serrer la sangle des chevaux, puis il entra dans la salle basse où Jehan Piquier l'attendait.

Le nouveau venu était un jeune homme de vingt-cinq ans, qui portait un long manteau que relevait une épée. A sa ceinture était passé un petit poignard, que l'on appelait alors *miséricorde*. Son vêtement était simple et dénotait un soldat plutôt qu'un gentilhomme; il avait sur la tête un béret, auquel une plume d'aigle donnait un aspect guerrier.

« Que voulez-vous de moi? demanda maître Benoît en se découvrant, car il savait que Jehan était très estimé au château.

— J'ai à vous parler sérieusement, répondit le jeune homme.

— Ah!... C'est que, voyez-vous, messire Jehan, je suis fort pressé ce matin. J'ai là-haut deux voyageurs de marque à qui je vais offrir le coup de l'étrier.

— Comment? ils sont ici, moi qui les cherche depuis une heure!

— Eh! cela ne m'étonne pas, reprit maître Benoît d'un air fin. J'ai deviné bien des choses, ne vous en déplaise, et je sais à qui j'ai affaire.

— En ce cas, vous allez me renseigner. J'avais perdu leurs traces et... ils peuvent encore m'échapper.

— Vous échapper! Ah çà, vous rêvez? Ces deux seigneurs n'y songent guère. Ils vont au castel!

— Au castel?

— Naturellement. Le plus vieux aime à rire et boit bien, je vous assure. Quant à l'autre...

— L'autre?

— C'est un honneur pour nous qu'il ait daigné s'arrêter ici... Mais excusez-moi, je les entends qui descendent. »

Et, sans plus attendre, l'aubergiste se précipita à la rencontre des voyageurs.

« Curieux! se dit à part lui Jehan Piquier. Je croyais être sur la piste de deux Anglais. Que veut dire l'aubergiste avec ses airs entendus? »

Tout en faisant ces réflexions, le jeune homme s'approcha de la fenêtre qui donnait sur la cour. Les chevaux étaient là, tenus par Pierre.

Un instant passa, puis les mystérieux voyageurs parurent et sautèrent en selle.

Jehan les regarda avec une grande attention. Le plus vieux lui parut être un écuyer ou un officier subalterne; mais l'autre l'intéressa tout de suite davantage. Il pouvait avoir trente ans, ses cheveux étaient blonds et ses traits distingués; c'était, à coup sûr, un personnage d'importance. Il portait une sorte de cape d'un rouge sombre, doublée de fourrures, et les harnais de son palefroi étaient incrustés d'argent.

« Qui, diable! est celui-ci? » dit entre ses dents Jehan Piquier.

A ce moment, maître Benoît s'approcha des cavaliers et leur offrit le vin d'adieu.

« Merci, » dit le plus jeune.

Et il rendit son verre après y avoir trempé ses lèvres.

Mais le second porta le sien jusqu'à la hauteur de ses yeux, regarda le liquide doré qu'il contenait et se mit à boire par petits coups, en faisant claquer sa langue contre son palais.

« Si tu nous avais donné de ce vin-là pour commencer, dit-il à l'aubergiste, je ne partais plus d'ici. »

Et il lui tendit le verre vide.

« Eh!... fit maître Benoît flatté.

— Me serais-je point trompé? songeait pendant ce temps notre ami Jehan. Ces voyageurs parlent un français très pur.

— A votre santé, seigneur comte! » dit maître Benoît,

vidant d'un seul trait le verre presque plein que lui avait rendu le jeune cavalier.

Messire Juan Scilly salua de la main avec une très grande noblesse et, donnant un coup d'éperon à son cheval, il disparut, suivi de Gilbert Bute, dans la direction du castel.

CHAPITRE III

LES TERREURS DE SANSONNET

A peine les voyageurs avaient-ils disparu, que Jehan Piquier se précipitait dans la cuisine.

Maître Benoît rentrait, souriant; mais, à la vue du jeune homme, son sourire se changea en une grimace significative.

« Voulez-vous boire un peu de vin? dit-il pour paraître aimable.

— Merci, répondit sèchement Jehan. Apprenez-moi plutôt le nom de ce jeune seigneur.

— Eh! vous êtes curieux! »

Jehan Piquier frappa du poing sur la table.

« L'heure est grave, maître Benoît, dit-il. Les Anglais, refoulés par les troupes du roi, se concentrent en Normandie. Un petit corps marche sur Beaumont, ce n'est pas l'instant de rire.

— Je ne ris pas, messire Jehan; mais le secours nous arrive et je n'ai pas sujet d'être triste. Le seigneur que vous avez aperçu tout à l'heure n'est autre que monseigneur le comte de Clermont.

— Allons! maître Benoît, cessez cette plaisanterie.

— Je ne plaisante pas.

— Alors, vous avez perdu la raison?

— Cependant, messire Jehan...

— Vous avez la langue trop longue, maître Benoît.

— Mais je vous assure, continua l'aubergiste, qui commençait à perdre contenance.

— Je vous assure, moi, que vous êtes une vieille bête, dit le jeune homme en lui coupant la parole. J'ai eu l'honneur de voir monseigneur le comte à la cour du roi, et je vous affirme qu'il n'a rien de commun avec votre hôte.

— Vous l'avez-vu? Mais alors, l'autre?...

— L'autre est quelque seigneur anglais, vous dis-je, et j'en aurai le cœur net.

— Messire Jehan, je suis terrifié!

— Il est un peu tard pour réfléchir. Maintenant, c'est le moment d'agir.

— Qu'allez-vous faire?

— Ceci me regarde. »

D'un pas délibéré, Jehan Piquier traversa la pièce, ouvrit la porte qui donnait sur la cour et gagna la campagne. Maître Benoît le regarda s'éloigner et rentra dans sa cuisine fort mécontent de lui-même.

Le jeune homme, à peine sorti, quitta la route pour s'engager dans un sentier de traverse. La main sur la garde de son épée, il marchait à pas rapides et paraissait en proie à une grande agitation.

Jehan Piquier n'était pas, comme l'avait dit l'aubergiste, une sorte de paysan soldat; c'était, à l'époque où commence ce récit, le favori du sire de Beaumont. Son maître l'avait chargé récemment d'une mission auprès du roi de France, et une semblable ambassade n'aurait pas été confiée à un soldat quelconque.

La vérité nous oblige à dire que ce jeune soldat était d'une naissance modeste et qu'il ne devait sa fortune qu'à son courage et à son intelligence. Trois ans auparavant, dans une sortie que les défenseurs du château avaient faite contre les troupes anglaises qui dévastaient le pays, Jehan Piquier avait sauvé la vie au sire de Beaumont. Le châtelain, reconnaissant, lui avait donné une chambre au castel et, à la suite d'une seconde prouesse, il en avait fait son lieutenant, le traitant presque comme un fils.

Malgré cette distinction flatteuse, le jeune homme était resté modeste et savait se faire aimer de tous, sauf peut-être de l'aubergiste, qui, jaloux par nature, ne pouvait lui pardonner la faveur dont il jouissait.

Jehan marchait donc, pensif, et gravissait une petite colline dans la direction du bourg, lorsqu'en passant près d'un buisson, il entendit une voix connue qui l'appelait :

« Par ma foi! c'est l'ami Jehan, » disait cette voix.

Le jeune homme se retourna et se trouva face à face avec un gaillard de vingt-huit à trente ans, vêtu comme un chasseur.

« Tiens! c'est toi, Sansonnet? s'exclama-t-il.

— Parbleu oui, c'est moi. Je n'ai pas quitté le pays, comme certain ambitieux de ma connaissance, qui court après les honneurs et risque sa peau dans les entreprises hasardeuses. »

Sansonnet souligna cette boutade d'un bon rire d'homme heureux et tendit la main à Jehan, qui la serra dans les siennes.

« Tu ris toujours! Je te retrouve aussi joyeux qu'avant mon départ.

— Je n'ai nul sujet de tristesse, et ce n'est pas pour rien que l'on m'a surnommé Sansonnet. Vois-tu, Jehan, la vie est une comédie et je ne peux me résoudre à la prendre au sérieux. Mais, dis-moi, pourquoi marches-tu si vite?

— Je chasse, moi aussi.

— Bah! où est ton arbalète? A propos, la mienne est excellente, si tu veux l'essayer?... »

Et Sansonnet, en disant cela, tendit à son compagnon l'arme qu'il portait sur l'épaule.

« Merci, répondit Jehan, je n'ai que faire d'une arbalète, mon épée me suffit. »

Sansonnet se mit à rire de nouveau.

« Quel gibier chasses-tu donc?

— Je chasse... à l'Anglais. »

Le rire de Sansonnet s'arrêta net. Il pâlit légèrement.

« Toujours le même, » dit-il entre ses dents.

Puis il ajouta :

« Chacun sa vocation : tu es soldat par tempérament, et moi...

— Toi, tu ne l'es pas.

— Écoute, Jehan, la vie est brève. Les querelles des grands m'intéressent peu, est-il juste que je me fasse tuer pour eux?

— Mais, malheureux, c'est l'étranger qui est sur le sol de France en ce moment. Il ne s'agit pas de querelles entre les grands, mais bien du pays à défendre.

— Oh!

— Veux-tu connaître toute ma pensée?

— Dis-la.

— Tu manques de courage.

— Soit, je n'essaierai pas de me disculper. Je t'admire sans pouvoir t'imiter. Ne parlons plus de cela et dis-moi où tu m'entraînes.

— Chut! » fit Jehan, un doigt sur les lèvres.

Le sentier rejoignait la route en cet endroit et l'on entendait distinctement le galop de plusieurs chevaux.

« Que vas-tu faire? interrogea anxieusement Sansonnet.

— Tu vas le voir, » répondit laconiquement Jehan.

Et il bondit au milieu de la route.

Deux cavaliers filaient dans la direction du bourg; ils ralentirent le pas de leurs montures en voyant un homme debout devant eux.

Jehan les reconnut tout de suite. Avec un sang-froid remarquable, il s'approcha du cavalier au manteau rouge en qui le lecteur aura déjà reconnu Juan Scilly, et, posant la main sur les rênes frangées d'argent de son coursier, il lui dit d'une voix ferme :

« Vous plairait-il, messire, de m'accorder un moment d'entretien ? »

Juan Scilly eut tout d'abord l'idée de châtier l'insolent qui s'opposait à son passage; mais il réfléchit que le bourg était proche et qu'il pouvait se trouver ensuite dans une situation périlleuse en pays ennemi.

« Qui es-tu, drôle? dit-il dédaigneusement.

— Mesurez vos paroles, messire, répondit gravement Jehan Piquier. Je suis un homme libre et je sais tenir une épée.

— Que signifient ces paroles?

— Elles signifient, messire, que je serais curieux de voir si votre rapière soutiendra votre arrogance.

— Voilà, par saint Georges, un langage qui te coûtera cher! Indique-moi un lieu plus tranquille que la grande route, et j'aurai vite fait de régler cette petite affaire. »

Sansonnet s'était rapproché pendant cette scène et avait inutilement essayé de calmer son compagnon.

« L'herbe est assez unie dans cette prairie, dit Jehan, et je pense...

— Non pas, interrompit Gilbert Bute. Avec votre permission, messire Scilly, je crois que l'auberge de tout à l'heure est le lieu tout indiqué pour une rencontre. La cour est large et le vin y est bon. D'ailleurs, votre adversaire est destiné à être embroché comme un poulet et il sera plus facilement secouru chez maître Benoît qu'en pleins champs. »

La proposition fut acceptée, et l'on se mit en marche.

« Qui êtes-vous? interrogea Juan Scilly.

— Je m'appelle Jehan Piquier, répondit le jeune homme en lâchant la bride du cheval, et le sire de Beaumont, que je reconnais pour maître, m'a fait l'honneur de me choisir pour son lieutenant.

— Voici qui me plaît fort, dit le cavalier. J'aurai le plaisir dans un instant de priver notre ennemi de son plus fidèle serviteur. Je me nomme, moi, Juan Scilly, capitaine du duc de Somerset.

— Parfait! mon pressentiment ne m'avait pas trompé. Je suis chargé de veiller sur le castel et d'en garder les environs.

— Vous faites votre devoir, jeune homme, » dit gravement Juan Scilly.

Il y eut un instant de silence. Sansonnet se rapprocha de Jehan.

« Tu as agis en étourdi, murmura-t-il, et te voilà une mauvaise affaire sur les bras.

— J'exécute ma consigne, cela suffit.

— Tu m'entraînes à ta suite en attendant.

— Va-t'en si tu crains pour toi, dit dédaigneusement Jehan.

— M'en aller? non! Je ne peux te laisser seul avec ces deux Anglais, tu auras besoin d'un témoin.

— Un témoin, pourquoi faire?

— Mais pour affirmer ensuite que les choses se sont passées régulièrement! Si tu venais par malheur à être tué, ou même blessé grièvement, il serait bon, à tous les points de vue, que je sois auprès de toi. Néanmoins, tu comprendras que je ne prenne pas parti dans cette querelle. Je n'y suis pour rien, n'est-ce pas? Et si ce colosse qui accompagne ton adversaire m'offre de croiser le fer, je me récuse, voilà tout. »

Jehan regarda Sansonnet d'un air méprisant.

« C'est convenu, dit-il lentement. Je n'ai besoin de personne, fais ce que tu voudras, cette querelle est toute personnelle. »

Gilbert Bute et Juan Scilly, toujours à cheval, suivaient les deux jeunes gens à quelques pas et devisaient entre eux avec autant de calme que s'il s'agissait d'une partie de plaisir.

De temps en temps, Juan Scilly se retournait, scrutait l'horizon, prenait note des sentiers et des accidents de terrain.

En cheminant de la sorte, la petite troupe arriva en vue de l'auberge, et Pierre, qui se tenait sur le pas de la porte, tourna la tête en entendant le hennissement d'un cheval.

« Patron, venez voir! cria-t-il en reconnaissant les voyageurs.

— Que veut dire ceci? » murmura maître Benoît songeur.

Puis, comme les cavaliers s'arrêtaient devant lui, il fit un profond salut.

« Quel bon vent vous amène, messeigneurs? commença-t-il. Je suis profondément honoré... »

Gilbert Bute lui coupa la parole :

« Ton vin nous a paru si bon, que nous avons voulu y goûter encore. Fais donc mettre nos chevaux à l'attache et apporte-nous à boire.

— Je cours à la cave, » répondit maître Benoît, qui disparut aussitôt.

Pierre, après avoir conduit les chevaux au fond de la cour, se mit à regarder curieusement les nouveaux venus. Il avait l'esprit plus prompt que son patron et comprenait qu'il allait se passer quelque chose.

« Et maintenant, à nous! » dit Juan Scilly en enlevant sa cape.

Jehan Piquier fit de même, et Pierre, de plus en plus intrigué, s'empara des manteaux, qu'il déposa sur la selle des chevaux.

Les deux adversaires avaient déjà mis la main sur la garde de leurs épées, lorsque Gilbert Bute intervint.

« Un moment, s'il vous plaît, dit-il, comment combattez-vous?

— Eh! par saint Georges! s'exclama Juan Scilly, c'est fort simple : nous combattons avec nos épées, et celui qui aura trois pouces de fer dans le corps restera ici.

— Aïe! ne put s'empêcher de murmurer Sansonnet, trois pouces de fer, ce n'est pas pour m'attirer!

— Si nous combattions en champ clos, le vainqueur aurait droit aux dépouilles du vaincu, mais ici je crois qu'il faut agir autrement; que l'un de nous soit traversé de part en part, et ce sera très suffisant.

— Oui, très suffisant! » songea Sansonnet.

Jehan Piquier s'impatientait.

« Excusez, messire, si j'interviens, reprit Gilbert; mais nous étions quatre au moment de la rencontre, et je pense qu'il serait de bon goût de nous battre tous les quatre. Vous, capitaine, avec celui qui vous a provoqué, et moi avec ce jeune chasseur. Allons, l'homme à l'arbalète, y êtes-vous?

— Moi? balbutia Sansonnet, c'est que... Je n'ai pas d'épée.

— Cela n'a pas d'importance! Prenez la mienne et donnez-moi votre couteau de chasse.

— Mon couteau de chasse? Vous n'y pensez pas. Les chances ne seraient pas égales. Ce serait de ma part un manque de générosité.

— Ne vous tourmentez pas. Avec ce simple couteau, je me fais fort de vous couper le nez.

— Messire, croyez bien que ce n'est pas la peur qui me fait... hésiter, dit Sansonnet, dont les jambes tremblaient; mais, vraiment, ce combat vous semble-t-il bien nécessaire? Je dois réserver mes forces pour d'autres luttes, mon sang appartient à la France.

— Assez! Gilbert, ordonna à ce moment Juan Scilly. Laisse ce jeune homme en repos, puisqu'il ne désire pas combattre; nous n'avons pas de temps à perdre. »

Sansonnet poussa un soupir de soulagement et n'eut pas la force de prononcer une parole. Gilbert Bute alla s'asseoir devant une petite table qui se trouvait près du mur et les deux adversaires tirèrent leurs épées.

CHAPITRE IV

UNE RENCONTRE QUI FINIT MAL

A peine les lames étaient-elles croisées, qu'un cri retentit.

Ce cri était poussé par maître Benoît, qui remontait de la cave, tenant d'une main un plateau chargé de verres et de l'autre son précieux flacon. Jamais plateau et flacon ne furent confiés à des mains plus tremblantes, et si Gilbert ne s'était précipité pour les soutenir, ils couraient grand risque d'être brisés.

« Par grâce, messeigneurs, qu'est-il arrivé? demanda maître Benoît, encore tout haletant. Un duel dans ma cour!... Juste ciel! c'est à en perdre la tête.

— Aubergiste de malheur! cria Gilbert, laisse ces braves combattants se couper la gorge comme ils l'entendent; tu ne comprends rien aux affaires d'honneur. »

Maître Benoît devint aussi muet que Sansonnet. Au fond de la cour, Pierre écarquillait les yeux pour ne rien perdre de la scène.

De nouveau, les lames furent croisées et le combat commença. Jehan Piquier avait eu raison de dire qu'il savait manier l'épée; la fureur qu'il ressentait doublait ses forces; sa longue lame lançait des éclairs, décrivait des

« Touché ! » dit Gilbert Bute en vidant son verre.

cercles éblouissants, rencontrait celle de l'adversaire et se retirait pour revenir plus rapide encore. Mais cette agilité ne semblait pas intimider le capitaine anglais; toujours maître de lui, il parait les coups avec un calme imperturbable. Jehan cherchait en vain la poitrine de son rival, il rencontrait toujours la pointe de l'épée, qui ne déviait pas d'un pouce.

Un simple mouvement du poignet mettait Juan Scilly à l'abri; on devinait, à le voir si tranquille, un escrimeur de première force. Sansonnet commença à craindre sérieusement pour son ami. Maître Benoît répétait à voix basse :

« C'est incroyable!... un duel chez moi! »

Quant à Pierre, il paraissait s'intéresser vivement au jeu des deux adversaires.

De temps en temps, Gilbert Bute portait son verre à ses lèvres et dégustait en amateur le vin fin de l'aubergiste; il était d'ailleurs parfaitement rassuré.

Le combat continuait toujours, mais Jehan Piquier se fatiguait. Une sueur froide perlait maintenant sur le front de Sansonnet. Par instants il fermait les yeux comme pour ne pas voir le coup qui allait traverser Jehan de part en part.

Pourtant le jeune homme tenait bon. Il ferraillait avec acharnement, se fendant souvent afin d'en finir. Hélas! il avait affaire à forte partie : Juan Scilly souriait et semblait jouer avec lui. Plusieurs fois il l'avait menacé à la poitrine, sans vouloir le toucher; il se tenait simplement sur la défensive et parait sans s'émouvoir. Lorsqu'il vit le jeune Français fatigué ralentir son attaque, il étendit le bras brusquement, se fendit un peu et...

« Touché! » dit Gilbert Bute en vidant son verre.

C'était vrai, Jehan Piquier était touché. Il tourna sur lui-même, poussa un soupir et tomba lourdement dans les bras de Sansonnet, arrivé juste à temps pour le soutenir.

« En selle ! » cria Juan Scilly qui venait de remettre son épée au fourreau.

L'aubergiste aidait Sansonnet à étendre le blessé sur un banc, Pierre amena les chevaux et les deux voyageurs sautèrent sur leurs montures.

Maître Benoît avait perdu la tête, il oublia en cet instant ce que lui avait dit Jehan.

« Messire comte,... » commença-t-il.

Le prétendu comte lui coupa la parole :

« La plaisanterie a assez duré, dit-il. Vous ouvrirez d'ici peu votre auberge à mes soldats et, comme ils paient mal, voici un autre écu d'or qui vous dédommagera. »

L'aubergiste prit machinalement la pièce.

« Gardez un flacon pour moi, dit une voix joyeuse, je dirige les archers d'Angleterre et je m'appelle Gilbert Bute. »

Un franc éclat de rire suivit ces paroles, et les deux cavaliers reprirent la route de Cherbourg.

Maître Benoît ouvrit la bouche pour répondre, mais il ne put proférer aucun son, l'étonnement l'avait rendu muet.

CHAPITRE V

YOLANDE DE BEAUMONT

Dès que les voyageurs furent partis, Sansonnet appela maître Benoît.

« Venez m'aider, que diable! Ce pauvre Jehan paraît sérieusement blessé. »

L'aubergiste reprit possession de lui-même et se dirigea vers le banc.

Jehan Piquier était d'une pâleur mortelle, il avait perdu connaissance, un filet de sang s'échappait de sa blessure. Sansonnet comprima le mieux qu'il put la plaie avec un tampon de toile imbibé d'eau.

« Je vais chercher ma femme, dit maître Benoît; elle saura mieux que nous faire le pansement qui convient. Aidez-moi à porter sur le lit ce pauvre garçon, afin que le froid ne le saisisse pas. »

Sansonnet prit Jehan sous les bras, l'aubergiste lui soutint les jambes, et on le transporta dans une chambre voisine, tandis que Pierre appelait de toutes ses forces :

« Dame Gertrude, on a besoin de vous! »

Dame Gertrude, la digne épouse de maître Benoît, ne se fit pas longtemps attendre; elle arriva tout essoufflée et fut mise au courant de ce qui venait de se passer.

Elle se dirigea vers le lit du jeune homme et examina la blessure :

« Je vois ce que c'est, dit-elle. Allez me chercher du vinaigre et un linge bien fin. Philippe, apporte la charpie. »

Ses ordres furent exécutés rapidement, elle rapprocha les lèvres de la plaie et fit un pansement qu'un chirurgien aurait déclaré irréprochable.

A cette époque de guerres continuelles, les femmes avaient une grande habitude de ces sortes de choses; c'étaient elles qui, le plus souvent, se chargeaient de soigner les blessés.

Jehan rouvrit les yeux, prononça quelques mots sans suite et tomba dans un lourd sommeil.

Sansonnet en profita pour s'échapper. Il courut au castel prévenir le sire de Beaumont de ce qui était arrivé.

Le chemin était assez long pour aller jusqu'au bourg, mais Sansonnet connaissait tous les sentiers, qu'il avait parcourus maintes fois. Il prit donc un raccourci qui, en moins de vingt minutes, le conduisit au pied de la roche.

Il monta d'un pas rapide le chemin escarpé qui menait au castel, franchit le pont-levis et entra sous la voûte; mais là, il fut arrêté. Deux soldats, la pique au poing, lui barrèrent la route.

« J'ai à parler au sire de Beaumont, dit Sansonnet.

— Ton nom?

— René Malbrun, surnommé Sansonnet.

— Que veux-tu lui dire?

— Nouvelles importantes! Jehan Piquier blessé.

— Bien! attends un peu. »

L'un des hommes d'armes alla prévenir le châtelain. Deux minutes après, il revenait en courant.

« Suivez-moi, dit-il à Sansonnet, le sire de Beaumont vous attend. »

Sansonnet ne se le fit pas répéter; il jeta un coup d'œil sur le pont-levis, sur les fossés profonds qui défendaient l'entrée du castel, et suivit son guide.

On lui fit traverser une vaste cour dans laquelle une vingtaine d'archers, sous les ordres d'un sergent, s'exerçaient au tir; puis, après avoir gravi un perron de pierre, il pénétra dans le spacieux vestibule qui donnait accès aux appartements du châtelain.

Le soldat dit quelques mots à un écuyer debout devant une porte surmontée de lances et d'écus, et Sansonnet put enfin entrer dans la grande salle.

Le pauvre garçon fut émerveillé, lorsqu'il se trouva dans cette pièce immense, éclairée par des vitraux aux couleurs éclatantes; mais il n'eut pas le temps de l'admirer longtemps, le comte de Beaumont était assis devant lui, ayant à sa droite sa fille Yolande, qui lisait, dans un gros livre enluminé, une histoire du temps passé.

Sansonnet s'inclina profondément.

« Qu'y a-t-il? interrogea d'une voix brève le sire de Beaumont. Tu as d'importantes nouvelles à me donner, paraît-il, de la part de Jehan Piquier?

— Oui, messire comte, d'importantes nouvelles. Mais elles ne viennent pas de Jehan, qui ne peut parler à cette heure, car il est grièvement blessé. »

Un court silence suivit ces paroles. Le comte se leva vivement et Yolande, fermant son livre, devint toute pâle.

« Jehan est blessé? répéta le maître d'une voix sourde.

— Oui, messire.

— Raconte ce qui s'est passé.

— C'est à la suite d'un duel avec un nommé Juan Scilly, capitaine anglais.

— Comment! Juan Scilly a eu l'audace de venir jusqu'ici, et il ne s'est trouvé personne pour l'arrêter?

— Il s'est trouvé Jehan Piquier... et moi, dit hypocritement Sansonnet. Juan Scilly était accompagné d'un certain Gilbert Bute, avec lequel j'aurais bien voulu me battre. Par malheur, je n'avais que mon couteau de chasse.

— Tu es un brave cœur, et... que sont devenus ces Anglais?

— Ils sont repartis au galop vers Cherbourg, après avoir attentivement regardé les abords du castel. D'après ce qu'a dit le plus jeune, une attaque va être dirigée contre vous, messire, et Beaumont va être envahi dans quelques jours.

— Ce n'est pas le premier assaut que nous avons à subir, dit le comte en levant les épaules. Beaumont sera peut-être occupé par les Anglais; mais le bourg et le castel ne sont pas encore à eux. Dis-moi maintenant où se trouve Jehan.

— A l'auberge de maître Benoît. C'est là que le duel a eu lieu.

— Bien! »

Le comte réfléchit un instant, puis, se tournant vers Sansonnet, il demanda :

« La blessure de Jehan est-elle trop grave pour qu'il puisse quitter l'auberge?

— Je ne crois pas, messire. Dame Gertrude lui a fait un pansement, et peut-être que sur une litière on pourrait le transporter.

— Alors, écoute-moi. Quatre de mes archers vont t'accompagner. Vous emporterez la litière et vous ramènerez Jehan au castel. C'est ici qu'il sera soigné, comme le méritent sa bravoure et le dévouement dont il vient encore de donner une si belle preuve.

— Père, dit timidement Yolande, ne pourrions-nous aussi aller à la rencontre de Jehan? »

Le comte réfléchit de nouveau.

« Vous avez raison, dit-il, c'est le devoir des dames de soigner les blessés. Jehan Piquier m'a sauvé la vie, il est juste que ma famille lui témoigne de la reconnaissance.

— Merci, père, » répondit la jeune fille.

Yolande de Beaumont était à cette époque une charmante personne de dix-sept ans, aux grands yeux bleus. Tout le monde l'aimait, car elle était bonne pour les pauvres gens; ses cheveux blonds la faisaient ressembler à une de ces jolies fées dont on conte l'histoire aux petits enfants.

Yolande avait toujours eu pour Jehan Piquier une sincère affection; mais, depuis qu'il avait sauvé la vie à son père, cette affection était devenue une admiration sans bornes.

Le sire de Beaumont, ayant perdu sa femme depuis une dizaine d'années, reportait sur sa fille toute la tendresse qu'il témoignait jadis à sa digne épouse.

*
* *

Sansonnet se tenait à distance respectueuse du petit groupe formé par le comte, Yolande, et une jeune servante nommée Mariette, qui venait d'être appelée.

Le châtelain prit son épée, jeta sur ses épaules un manteau de couleur sombre, et Mariette aida sa jeune maîtresse à endosser une pelisse bordée d'hermine; puis on gagna l'entrée du castel.

Quatre soldats, portant la propre litière du comte, marchaient à côté de Sansonnet.

On descendit pendant vingt minutes d'un pas rapide, puis Sansonnet courut en avant afin d'avertir maître Benoît.

L'aubergiste faillit s'évanouir de frayeur lorsque Sansonnet l'informa de la venue de son seigneur. Il était passé par toutes les émotions depuis le commencement de cette journée.

Lorsque le cortège fut à quelques pas de sa porte, maître Benoît se précipita à sa rencontre. Son salut profond fit sourire le comte. Yolande se pencha à l'oreille de son père :

« Ne le grondez pas trop, dit-elle, voyez comme il est inquiet.

— Soyez sans crainte, ma fille, j'ai besoin de soldats pour repousser l'attaque, et l'aubergiste est encore en état de porter les armes.

— Messire comte,... » disait maître Benoît, toujours prosterné.

Le sire de Beaumont lui fit signe de se relever.

« Je te pardonne, dit-il, car je suppose que tu ignorais à qui tu avais affaire.

— Croyez bien, messire...

— N'insistons pas. Il va falloir, dès demain, fermer ton auberge.

— Bien, messire.

— Mets en lieu sûr tout ce que tu as de précieux et emmène ta famille.

— Oui, messire.

— Tout le village de Beaumont devra se réfugier au bourg; tu seras chargé d'en informer chacun. Les hommes prendront des armes, les femmes et les enfants seront mis hors de danger. Es-tu brave?

— Oui, » répondit maître Benoît, sans trembler cette fois.

Le comte se retourna vers Sansonnet, qui arrivait.

« D'après ce que tu m'as raconté, dit-il, je suppose que la guerre ne te fait pas peur?

— A moi? fit Sansonnet, dont le visage pâlit. Je suis prêt, messire comte, à marcher sous vos ordres.

— Tu as une arbalète, je crois, et tu passes pour un bon tireur?

— C'est-à-dire...

— Je ne peux mieux te récompenser de ta vaillance qu'en te prenant au castel. Tu feras partie de ma garde, et tu seras de toutes les sorties.

— C'est trop d'honneur, » se hâta de répondre Sansonnet dont les dents claquaient.

Le comte ne l'écoutait plus.

« Comment va le blessé? demanda-t-il à l'aubergiste.

— Il a repris connaissance, répondit celui-ci; mais il est encore très faible.

— Conduis-nous auprès de lui. »

Maître Benoît se dirigea aussitôt vers la chambre qu'occupait Jehan, suivi du comte et des deux autres personnes.

Sansonnet, la tête basse, marchait le dernier, en proie à de sombres pensées.

« Me voici bien placé pour recevoir des coups, songeait-il. Comment me tirer de ce guêpier? Jehan m'aura causé aujourd'hui bien des tracas. »

Le comte venait d'entrer dans la salle.

Jehan, qui sommeillait, ouvrit les yeux et aperçut son maître.

« Merci! murmura-t-il faiblement.

— Tais-toi, Jehan, mon fidèle serviteur. En parlant, tu rouvrirais ta blessure. Tu es un brave cœur, je veux te faire soigner au castel. »

A ce moment, les yeux du blessé se portèrent vers la porte, et il aperçut Yolande de Beaumont qui, un doigt sur les lèvres, l'invitait au silence. Alors une émotion extraordinaire le saisit; il essaya de se redresser sur sa couche, et d'une voix tremblante il dit :

« Vous aussi, damoiselle? Je ne suis qu'un pauvre vassal et vous venez auprès de moi? C'est trop! Je ne sais comment vous exprimer ma reconnaissance! »

Il ne put en dire davantage, un flot de sang empourpra ses joues tout à l'heure si pâles, et, épuisé par son effort, Jehan Piquier retomba évanoui.

CHAPITRE VI

PRÉPARATIFS DE COMBAT

Pendant les quelques jours qui suivirent, le sire de Beaumont se multiplia. Il s'agissait d'organiser la défense d'une façon sérieuse, car les Anglais étaient dans le voisinage. C'est vers le bourg surtout que se porta son attention. Il le fit entourer d'un large fossé que défendait une palissade. Tous les hommes valides travaillèrent à cet ouvrage, et les femmes elles-mêmes se mirent de la partie. On les voyait transporter les pierres dans de grands paniers, faire parvenir aux travailleurs des vivres en quantité suffisante, préparer de la charpie, aiguiser ou fourbir les armes, dont bientôt on aurait besoin.

Le castel était prêt à soutenir un siège, car on avait eu maintes fois à repousser l'ennemi. Néanmoins, le comte profita du répit qui lui était laissé pour augmenter ses chances de succès; il réquisitionna les armes et les vivres, il fit des provisions de poudre, de pierres et de poix. Les archers se taillèrent de nouvelles flèches, les

4

créneaux furent visités avec la plus scrupuleuse attention. Bref, on ne laissa rien au hasard.

Sansonnet, vêtu d'un habit aux armes des Beaumont, essayait de faire bonne contenance : il contait aux archers stupéfaits des exploits extraordinaires, qui n'avaient jamais été accomplis que dans son imagination, essayant ainsi de se convaincre lui-même qu'il était un héros.

Jehan allait mieux. Un habile chirurgien avait examiné sa blessure et déclaré qu'avant trois semaines il pourrait reprendre les armes. En attendant, il était au lit, condamné à l'immobilité, et se désolait de ne pouvoir aider son seigneur en ces heures de fièvre et d'attente. Yolande et Mariette étaient souvent auprès de lui, l'entourant de soins empressés qui redoublaient son attachement pour son maître et son admiration pour Yolande.

On était au 20 novembre et l'ennemi n'avait pas encore paru. Le village de Beaumont avait été abandonné par ses habitants réfugiés au bourg, mais il était occupé par une centaine de fantassins et défendu par une tranchée creusée à la hâte. Ces dix jours de répit avaient été, comme on le voit, habilement mis à profit.

Le 21, au matin, la sentinelle qui veillait en haut du donjon sonna deux fois du cor. C'était le signal convenu en cas de danger. Les sergents coururent à leur poste, le pont-levis fut levé et le comte en personne monta près du soldat de garde.

« Quelles nouvelles? interrogea-t-il.

— Là, messire, du côté de la mer, » répondit

Yolande et Mariette étaient souvent auprès de lui.

l'homme appuyé sur sa longue pique, en étendant le bras gauche dans la direction indiquée.

Le comte regarda avec une grande attention.

« Des cavaliers, » dit-il.

On voyait distinctement maintenant étinceler dans le lointain le fer des cuirasses.

« Vois-tu l'étendard? interrogea le comte.

— Non, répondit le soldat.

— Voilà qui est étrange, une troupe sans enseigne. Combien sont-ils?

— Deux cents lances au moins!

— Tu as raison. Deux cents lances, qu'importe! Ici, c'est la roche à pic; du côté de la mer, le castel est inaccessible. »

Il y eut un instant de silence. La distance qui séparait les chevaliers de la roche diminuait rapidement.

Soudain, en haut d'une lance, un étendard claqua au vent.

« La bannière, dit le soldat.

— Quelle couleur?

— Fleurs de lis sur champ d'azur.

— Vive France! dit joyeusement le comte; ce sont les chevaliers du connétable! »

A une portée de flèches du castel, la petite troupe quitta le rivage pour gagner le bourg, et le comte la perdit de vue.

« Veille bien, dit-il au soldat.

— Oui, messire.

— A la moindre alerte n'hésite pas à sonner du cor. Tout cavalier suspect, toute troupe en marche devront m'être signalés. Regarde au loin, regarde surtout vers la terre, là-bas, dans la direction de Cherbourg.

— Oui, messire. »

Le comte descendit l'escalier tortueux qui menait dans la cour. Dix minutes plus tard, un chevalier se présentait devant le castel.

« Qui vive? demanda l'archer de garde.

— France! » répondit le chevalier.

Le comte le reconnut à son armure.

« Baissez le pont-levis! » commanda-t-il.

L'ordre fut exécuté et le chevalier entra.

CHAPITRE VII

L'ENTREVUE

Arrivé devant le comte, le nouveau venu salua de l'épée :

« Envoyé du connétable ! dit-il.

— Soyez le bienvenu, messire, » répondit le comte.

Le cavalier sauta à terre, laissant son cheval au soldat qui venait de s'approcher.

« Vous plairait-il de me suivre dans la grande salle ? demanda le sire de Beaumont.

— Très volontiers. »

Les deux hommes se mirent en marche côte à côte et se dirigèrent vers la salle que nos lecteurs connaissent pour y avoir vu déjà entrer Sansonnet.

En traversant la cour, le comte fut salué par les sergents; et son compagnon admira l'ordre parfait qui régnait partout. Il en fit la remarque.

« Je suis difficile pour le service, mais j'aime mes sujets, expliqua le comte. Je fais donc tous mes efforts pour les rendre heureux et pour m'assurer la victoire.

Entré dans la salle, le sire de Beaumont indiqua un siège à son hôte; puis, s'étant assis à son tour, il fit signe qu'il écoutait.

« Messire comte, commença le chevalier, je suis envoyé vers vous par le connétable de Richemont. Je m'appelle Guillaume de Lusignan, et j'ai deux cents lances sous mes ordres.

— Voici qui est bien, messire, et nous permettra de faire bonne besogne. Parlez-moi un peu, je vous prie, de ce qui se passe en France; car ici, nous ne savons rien. Les Anglais n'ont pu, jusqu'à présent, s'emparer de mes terres; mais ils interceptent toute communication entre l'armée du roi et nous. Or donc, je suis fort aise du secours qui m'arrive.

— Ne l'aviez-vous pas demandé?

— Sans doute! Mais là où un homme peut passer, une troupe de cavaliers se trouve souvent arrêtée. Mon messager, Jehan Piquier, s'est acquitté de sa tâche avec son courage habituel; mais vous, chevalier, vous me semblez avoir fait mieux encore.

— Le connétable me demandait de venir, je n'avais pas à discuter la consigne. Je suis venu. Maintenant me voici prêt. Je puis vous donner les nouvelles qui vous intéressent. Depuis quelques jours, le duc de Somerset a capitulé; la bannière anglaise à croix rouge ne flotte plus sur les tours de Rouen, la ville est à nous. L'ennemi se concentre à Caen, à Cherbourg, à Harfleur, mais cette dernière ville ne lui restera pas longtemps, car

Jehan Bureau est parti dans cette direction avec ses canons.

— Bien!

— Le péril est ici. Les Anglais, refoulés vers la mer, ont besoin de s'assurer une retraite facile. Ils ont Cherbourg, mais ce n'est pas assez. Leur champ d'action se resserre. Le connétable est un homme habile, il les repousse vers la côte. Il leur faut Beaumont.

— Qu'ils le prennent! le village est abandonné. D'ailleurs il est loin de la mer.

— Oui, mais il y a le bourg.

— Le bourg saura se défendre!

— Ce qui leur est le plus nécessaire, seigneur comte, c'est votre donjon.

— Je ne leur conseille pas de s'en approcher.

— Ils voudront s'en emparer à tout prix.

— Ce sera peine perdue.

— Le connétable admire votre vaillance, il sait de quelle façon vous avez tenu tête à l'ennemi; mais il voudrait que, cette fois encore, les Anglais soient repoussés.

— Ils le seront!

— Écoutez. Ils vont venir en nombre; l'attaque sera d'autant plus vigoureuse qu'ils jouent là leur dernière partie.

— Ils la perdront!

— Je partage votre assurance, comte, et vous seconderai de mon mieux. Toutefois il est bon que vous sachiez le reste, que vous connaissiez la vérité tout entière; ils ont un canon!

— Ah!

— Pour être vainqueurs, ils tenteront l'impossible.

— Nous aussi!

— Le connétable ne pourra vous envoyer d'autres secours avant plusieurs mois, car il a besoin de toutes ses troupes.

— On s'en passera. »

La conversation fut soudain interrompue par un appel prolongé du cor.

« L'ennemi! dit le comte en se levant brusquement.

— Allons! » répliqua le chevalier.

Et tous deux sortirent de la salle.

Dans la cour, les hommes d'armes se rangeaient en bon ordre.

Le sire de Beaumont fit signe à un soldat de garde de descendre du donjon, et comme Sansonnet passait dans la cour, il lui ordonna de monter à sa place.

Sansonnet accepta joyeusement cette mission, qui lui permettait de ne pas approcher l'ennemi de trop près.

« Eh bien? interrogea le comte, lorsque le soldat fut descendu.

— Les Anglais marchent sur Beaumont, messire.

— Nombreux?

— Plus de trois mille, je pense. »

Le comte réfléchit un instant.

« Chevalier, dit-il en se retournant vers Guillaume

de Lusignan, qui écoutait impassible, la main sur le pommeau de son épée, vos chevaux sont-ils fatigués?

— Non, la course de ce matin n'a pas été longue. Ils sont au bourg, prêts à charger s'il le faut.

— Et vos hommes?

— Tous chevaliers, l'élite de la cavalerie française. Je réponds d'eux comme de moi-même.

— C'est bien! Je pars avec vous. »

L'écuyer du comte apporta l'armure; un archer amena le cheval de bataille, puis on cria très fort dans la direction de Sansonnet.

« Que vois-tu?

— L'armée arrive en bon ordre. Elle n'est plus qu'à une demi-heure de marche.

— Quelle bannière?

— On ne distingue pas bien. Croix rouge sur champ blanc il me semble.

— Celle de Somerset. Le combat sera rude... Sergent! »

Un sergent s'avança.

« Choisissez vingt hommes et conduisez-les au village par le chemin de traverse.

— Bien, monseigneur.

— J'ai fait fortifier les deux premières maisons; c'est là que vous posterez vos archers. Laissez approcher l'ennemi, et ne tirez qu'à coup sûr. Il faut que chaque flèche abatte un homme. Est-ce compris?

— Oui, messire.

— Cachez-vous derrière l'abri des fenêtres, économisez vos soldats. Nous n'avons pas l'avantage du nombre, je ne veux pas que vous perdiez un seul homme. Allez! »

Le comte sauta en selle, Guillaume de Lusignan fit de même, et tous deux se dirigèrent vers le bourg, où ils devaient trouver les deux cents cavaliers d'escorte. Pendant ce temps, le sergent, ayant pris ses vingt hommes, les faisait mettre sur deux rangs, et s'acheminait vers Beaumont par le sentier que nous connaissons.

Du haut de la tour, Sansonnet les regarda s'éloigner avec satisfaction.

« Dieu soit loué! dit-il en lui-même, ce n'est pas encore aujourd'hui que je me battrai. »

CHAPITRE VIII

POUR LA FRANCE

Le plan que venait d'établir le comte était audacieux et demandait, pour réussir, d'être exécuté avec une grande prudence. Les archers, sous les ordres du sergent, arrivèrent à Beaumont avant la cavalerie et prirent position dans les deux maisons qui leur avaient été désignées. Aux abords du village, se trouvaient disséminés des groupes de soldats à pied, la plupart armés de longues piques; quelques-uns portaient des arbalètes. Tous avaient à la ceinture une hache ou un poignard.

L'ennemi n'était pas à plus de deux portées de flèche du village lorsque Guillaume de Lusignan et le comte arrivèrent avec la cavalerie.

Le sire de Beaumont était un chef habile; il vit du premier coup d'œil le désordre qui régnait dans son infanterie. Il courut droit aux sergents, les gourmanda sur leur peu d'initiative, fit ranger tous les hommes en une masse serrée ayant l'aspect d'un carré et leur ordonna de n'avancer que sur son ordre. Ensuite il éperonna son cheval et retourna vers Guillaume.

« Je vous prie, messire, de ne charger qu'au moment propice, dit-il. Ne vous laissez pas entraîner par votre courage et attendez mon signal; c'est le seul moyen d'assurer notre succès.

— Soyez sans crainte, j'attendrai. »

Le chef fit cacher sa cavalerie derrière un pli de terrain. Il était important, en effet, que les Anglais ne puissent se douter du piège qu'on leur tendait; leur supériorité en nombre était si grande, que les Français auraient pu payer cher leur témérité. L'infanterie se trouvait maintenant derrière le village; les maisons la cachaient complètement à la vue de l'ennemi; les arbalètes étaient tendues, les piques en arrêt. Au premier signal, elle devait s'avancer en bon ordre et prendre de flanc la troupe adverse.

Un grand silence régnait. Le comte voulait que toutes ses prescriptions fussent exécutées à la lettre; il avait su faire passer dans tous les cœurs l'espoir du succès.

Cependant les Anglais s'avançaient. La bannière se distinguait nettement; c'était celle du duc de Somerset, il n'y avait plus à s'y méprendre.

Le comte fronça les sourcils.

« Bonnes troupes, » murmura-t-il.

Juan Scilly commandait l'avant-garde. Il regarda autour de lui et fit arrêter ses hommes, flairant un guet-apens. Ce village silencieux le rendait perplexe.

C'était l'un des meilleurs capitaines de l'armée anglaise,

et le duc, en lui confiant ses troupes d'élite, montrait à la fois le cas qu'il faisait de lui, et l'importance qu'il attachait à l'expédition.

Comme nous l'avons dit, Juan Scilly était perplexe; il donna l'ordre à ses chevaliers de s'arrêter et fit avancer les archers. Ceux-ci s'approchèrent avec précaution.

Rien ne bougeait; on ne voyait personne, si bien qu'ils se décidèrent à pénétrer dans le village. Aussitôt, une grêle de flèches s'abattit sur eux. Chaque coup portait; les soldats du comte, à l'abri dans l'auberge, tiraient avec une précision remarquable. En un instant, quinze Anglais furent mis hors de combat; les autres, surpris par cette attaque imprévue, commencèrent à reculer. Une seconde pluie de flèches s'abattit sur eux.

Cette fois la peur les prit, et ils dessinèrent un mouvement de retraite. En cet instant, un homme de haute taille, monté sur un cheval blanc, se jeta hardiment devant eux, et leur lança de brefs commandements.

Cet homme savait se faire obéir; il entraîna derrière lui toute sa troupe. La visière de son casque était baissée, mais sa carrure et ses manières brusques l'auraient fait reconnaître entre mille : c'était Gilbert Bute. Le moment était critique : deux cents archers anglais se trouvaient maintenant dans le village et quelques soldats armés de haches se précipitèrent sur la porte de l'auberge avec l'intention d'en déloger les Français.

Le comte de Beaumont fit donner son infanterie, afin de couper la retraite aux archers. Le carré s'avança en bon ordre et, après un effort énergique, parvint à séparer Gilbert et ses hommes du gros de l'armée.

Juan Scilly vit le danger et, sans perdre une seconde, il commanda à sa cavalerie de charger; mais le comte l'avait devancé :

« A moi, Lusignan! » cria-t-il.

Le chevalier, qui n'attendait que cet ordre, se dressa sur ses étriers, mit sa lance en arrêt et, d'une voix tonnante, il jeta ces mots à ceux qui le suivaient :

« Pour la France! En avant! »

Un cri d'enthousiasme s'éleva en même temps de deux cents poitrines, la terre trembla sous le pas des chevaux et l'avalanche de fer passa sur les archers anglais.

La troupe à pied avait ouvert ses rangs, si bien que les deux cavaleries se heurtèrent avec une impétuosité folle. Plusieurs chevaux roulèrent sur le sol, entraînant leurs cavaliers. Alors, pour la seconde fois, l'infanterie donna; elle obéit avec une précision parfaite aux ordres des sergents et, les piques croisées, sur une profondeur de plusieurs rangs, barra l'entrée du village. Juan Scilly se mordit les lèvres : il comprit que la situation de ses archers et de sa cavalerie peu nombreuse était plus que critique; il blâma en lui-même la témérité de Gilbert Bute, et voulut essayer de forcer la chance. Il commença donc avec toutes ses forces un mouvement tournant destiné à enfermer les Français dans le village.

La supériorité du nombre rendait cette manœuvre très possible; mais elle demandait du temps.

L'avalanche de fer passa sur les archers anglais.

Le comte de Beaumont devina la tactique de son adversaire; il fit reculer pas à pas son infanterie, et Guillaume de Lusignan reçut l'ordre de gagner la grande route en prenant dans le village une rue transversale. Les archers français avaient mis à profit le répit qui leur était laissé pour quitter les abris devenus dangereux et joindre leurs efforts à ceux de l'infanterie.

Juan Scilly ne put retenir une exclamation de rage en voyant sa proie lui échapper. Les ordres du comte avaient été strictement exécutés. Guillaume de Lusignan, à la tête de ses chevaliers, galopait maintenant sur la route du bourg; il n'avait que trois des siens blessés. Les Anglais, au contraire, comptaient une vingtaine de morts, et plus de deux cents hommes hors de combat.

L'infanterie du comte continuait sa retraite glorieuse. En reculant lentement, elle tenait en respect, devant une forêt de piques, une armée cinq fois plus nombreuse.

Juan Scilly ne jugea pas prudent de la poursuivre. Le village de Beaumont lui restait, et, bien que son occupation lui eût coûté cher, il résolut de s'y fortifier, et d'y laisser reposer sa petite armée.

Comme il passait en revue l'étroit champ de bataille, il vit venir à lui Gilbert Bute ralliant ses archers. Le vieux soldat était lui-même blessé; sa cuirasse, faussée en plusieurs endroits, témoignait des coups qu'il avait reçus; il s'était battu comme un lion. Juan Scilly lui jeta un regard sévère; mais, comme l'autre baissait la tête, il n'eut pas la force de réprimander ce héros.

CHAPITRE IX

ATTAQUE DE NUIT

Pendant les jours qui suivirent, le calme le plus complet régna dans les deux camps. Juan Scilly réparait ses pertes et fortifiait le village dont il s'était emparé au prix de si gros sacrifices.

Le bourg était tranquille et fort bien préparé pour la défensive. Outre le fossé profond dont il était entouré, il renfermait une troupe admirable, rompue à la fatigue, et les deux cents chevaliers de Lusignan.

Les hôtes du castel Beaumont étaient calmes : Jehan allait de mieux en mieux, sa blessure se cicatrisait rapidement, grâce aux soins éclairés dont il était entouré, et il commençait à se lever.

Le comte se montrait satisfait de la tournure que prenaient les choses; il avait volontairement abandonné le village de Beaumont, dans lequel il n'aurait pu tenir contre une armée beaucoup plus forte que la sienne; mais il savait que son castel était presque imprenable, avec les précipices profonds qui l'entouraient.

Il était dans une situation unique, dominant le bourg et la vallée d'une hauteur de cinq cents pieds.

Jehan Piquier recevait souvent la visite du comte, qui l'aimait beaucoup. Le sire de Beaumont discutait avec le lieutenant des meilleurs moyens à employer pour repousser les Anglais; il était charmé de voir avec quelle habileté Jehan calculait les chances de succès, proposait les mesures propres à assurer la réussite d'une entreprise, ou repoussait respectueusement les plans qui lui semblaient hasardeux.

« C'est un fils comme celui-là qu'il m'aurait fallu, se disait souvent le comte. Quel excellent cœur et quelle bravoure! Ce serait plus tard un fameux capitaine, s'il était noble. Au fait, pourquoi ne le serait-il pas? »

Le sire de Beaumont poussait un soupir lorsque cette idée lui venait; car, à cette époque, il y avait un abîme entre les nobles et leurs vassaux. Certes, Jehan Piquier était un homme libre, mais il n'avait que peu d'espoir de dépasser cette condition. Seul le roi (et parfois le connétable) pouvaient élever un homme libre à la dignité de chevalier, et le faire entrer ainsi dans les rangs de la noblesse; mais le cas était rare.

Jehan, ce jour-là, assis près d'une fenêtre qui donnait sur la vallée, regardait dans la direction de Beaumont. Le comte se tenait non loin de lui et paraissait soucieux.

« As-tu remarqué, Jehan, dit enfin le châtelain, les travaux de l'ennemi?

— Oui, messire.

— Et qu'en penses-tu?

— Je pense que nous avons devant nous un grand capitaine.

— C'est vrai, ce Juan Scilly est un homme habile. »

Le comte, s'étant approché de la fenêtre à son tour, se mit à regarder très attentivement la plaine. Les Anglais ne perdaient pas leur temps. Sûrs maintenant d'avoir affaire à forte partie, ils s'entouraient de précautions. Bien appuyés sur le village qui contenait leurs approvisionnements, ils approchaient lentement, mais d'une façon continue. Chaque jour ils gagnaient du terrain. Quatre tours de bois, montées sur roues, avaient été construites; elles formaient les quatre angles du camp et s'avançaient tirées par les chevaux. Une palissade mobile défendait l'accès des retranchements. Chaque soir, des archers montaient la garde le long de cette palissade assez élevée, prêts à donner l'alarme au moindre danger.

« Ils s'approchent trop, dit le comte, le bourg risque d'être attaqué.

— Ne pourrait-on tenter quelque chose? dit Jehan.

— Que veux-tu dire?

— Une sortie.

— Tu sais bien que mes soldats ne sont pas en nombre. Les exposer dans un combat en plaine serait folie. Leur bravoure deviendrait inutile devant une armée cinq fois plus forte.

— La cavalerie?... dit Jehan sans achever sa phrase.

Le comte comprit ce qu'il voulait dire.

« Oui, la cavalerie serait précieuse, si elle voulait se borner aux escarmouches. Il faudrait qu'elle amusât l'ennemi, qu'elle le fatiguât, sans jamais l'attaquer. Ce rôle est difficile à tenir et les chevaliers ne sauront pas s'en contenter, ils sont trop braves. Et pourtant, j'en parlerai à Lusignan. »

Contrairement à ce que pensait le comte, Guillaume se prêta volontiers à ce qu'on attendait de lui; il fit chaque jour des sorties à la tête de ses chevaliers et gêna considérablement l'ennemi. Souvent, il surprenait un petit détachement anglais hors du camp, fonçait sur lui et faisait de nombreuses victimes. Les prisonniers étaient rares, pour la raison bien simple que l'on n'en voulait pas au bourg. Les vivres s'épuisaient assez vite et le ravitaillement était difficile dans un pays occupé par l'ennemi. Juan Scilly détestait ce Lusignan qui décimait ses soldats; il avait fait tous ses efforts pour s'en emparer, mais sans pouvoir y réussir. Les Anglais, qui redoutaient les coups de sa terrible lance l'avaient surnommé : *The french devil* (le diable français), et il faut avouer qu'il méritait ce surnom.

Pourtant, les travaux continuaient sans relâche, et, le 21 décembre, c'est-à-dire un mois après l'arrivée des Anglais, l'attaque du bourg devint imminente. Des deux côtés, toutes les précautions étaient prises.

Le comte de Beaumont était certes un grand capitaine, fort habile dans les choses de la guerre, mais Juan Scilly ne lui était pas inférieur. Aussi brave que prudent, il se croyait sûr de vaincre et considérait la prise du castel comme un fait certain d'avance.

Il y avait du nouveau cependant : Jehan Piquier était guéri. Depuis peu il sortait et secondait le comte dans ses multiples occupations.

« Jehan, dit un jour le châtelain en lui frappant familièrement sur l'épaule, j'ai quelque chose à te proposer. »

Les deux hommes descendaient en cet instant la pente qui conduisait à l'entrée du bourg.

« Je suis à vos ordres, messire, répondit le jeune homme.

— L'inaction à laquelle tu as été condamné pendant trois semaines a dû te peser, mon brave enfant. Que dirais-tu d'une sortie cette nuit, du côté de la plaine.

— C'est mon plus cher désir, et je crois comprendre votre but. Vous pensez, n'est-il pas vrai, qu'une poignée d'hommes choisis pourrait semer le désordre dans le camp anglais.

— Précisément, s'ils sont bien conduits et savent observer fidèlement la consigne.

— Peut-on vous demander quelle sera cette consigne ?

— Oui, Jehan : le silence. Te sens-tu de force à m'accompagner ?

— Je crois bien, ma blessure est fermée; mes forces ne me trahiront pas. Je brûle du désir de me venger de ce Juan Scilly, qui m'a blessé. Les Anglais ne doivent pas rester sur votre territoire; tout ce qu'il faudra faire pour les en chasser, je le ferai.

— Bien, Jehan, je te remercie, dit le comte. Cherchons maintenant une centaine d'hommes capables de mener à bien l'entreprise.

— Cent hommes vous suffiront?

— Je le crois! Il ne faut pas donner l'éveil, et une troupe plus nombreuse ferait du bruit. La nuit grossit singulièrement le péril, mon cher Jehan, cent hommes résolus, une fois dans la place, peuvent y semer l'effroi. Or une troupe qui prend peur est une troupe perdue. Je diviserai mes hommes en trois bandes : la première sous mon commandement se dirigera vers la tour nord. Tu te porteras au sud avec la seconde et tu tâcheras, à l'aide de quelques échelles, de pénétrer dans le camp. Je pensais confier la troisième à Sansonnet; mais je ne l'ai jamais vu à l'œuvre et...

— Sansonnet! s'exclama Jehan. Confier des soldats à Sansonnet?...

— N'est-il pas brave? répondit le comte; je croyais qu'il s'était bien comporté le jour où tu as eu ce duel? »

Jehan avait bon cœur; il ne voulut pas dévoiler la faiblesse d'un camarade et se contenta de répondre :

« Sansonnet n'est pas habitué au métier des armes.

— En ce cas, je le prendrai avec moi, dit le comte.

Je ferai deux colonnes un peu plus fortes; ce projet me semble même préférable et je vais y réfléchir d'ici ce soir. »

La conversation tomba après cela, et l'inspection du bourg commença. Dès les premières maisons, le comte s'arrêta devant un soldat portant une sorte de pourpoint en cuir jaune et tenant en main une énorme pique. Ce soldat, préposé pour l'instant à la garde d'un pont de planches qui traversait le fossé, frappait des pieds pour se réchauffer, tout en chantonnant un air en vogue.

« Par ma foi! dit le châtelain, je ne me trompe pas : c'est bien maître Benoît que je vois sous ce costume?

— Lui-même, messire, répondit l'ancien aubergiste. Je ne me sens pas trop vieux pour porter les armes, et je me crois capable de mourir pour vous.

— Voilà qui est bien parlé, Benoît! approuva le comte. C'est avec des gaillards de ta sorte que nous chasserons les Anglais de France. »

Puis, apercevant un jeune garçon à l'air déluré qui se tenait à quelque distance et s'exerçait à tirer à l'arc, il demanda :

« Quel est ce gamin?

— C'est Pierre, mon domestique d'autrefois, un jeune drôle qui se bat par plaisir.

— Je vais lui donner l'occasion de se divertir en ce cas. »

Le sire de Beaumont fit signe à Pierre de le suivre, et le jeune homme, rouge de plaisir, se mit en marche derrière les deux chefs.

Maître Benoît, pensif, les regarda s'éloigner.

Durant l'inspection du bourg, qui dura plus d'une heure, le comte choisit ainsi une soixantaine d'hommes qu'il destinait à l'expédition de la nuit, le reste de la troupe se trouverait parmi les défenseurs du castel.

*
* *

Sansonnet menait une vie parfaitement heureuse. Le sire de Beaumont le laissait errer à sa guise durant les heures assez nombreuses où un service d'intérieur ne nécessitait pas sa présence, et le gaillard se disait qu'après tout sa situation était enviable. Il se considérait désormais comme une sorte d'intendant destiné à rester au castel à l'abri des flèches et des piques, pendant toute la durée de la guerre.

On juge de sa surprise lorsque ce soir-là, vers 10 heures, le comte, l'ayant fait venir dans la grande salle, lui déclara qu'il prendrait part à une sortie.

« Une sortie!... ce soir! balbutia Sansonnet.

— Je voulais d'abord te confier quelques hommes, dit le comte en le regardant en face; mais, bien que je ne doute pas de ta bravoure, je désire te voir à l'œuvre avant de me décider. Tu seras donc à mes côtés.

— Un tel honneur, messire! répondit Sansonnet la gorge serrée. Je... je tâcherai de m'en montrer digne.

— Il est juste que je donne à mes fidèles vassaux l'occasion de s'illustrer par quelque action d'éclat.

— Que de bontés!...

— Si je t'ai choisi parmi tant d'autres qui auraient été fiers de prendre ta place, c'est qu'il me semble que tu as un grand désir de te distinguer.

— Ah! je crois bien!... je crois bien! déclara Sansonnet, qui ne savait plus ce qu'il disait. Quel bonheur de pouvoir vous accompagner! D'aller à la gloire! »

Mais en lui-même, il pensait :

« Si le comte s'attend à me voir faire des prouesses, il risque fort de se tromper, je n'ai jamais eu la prétention d'être un héros. »

Une heure plus tard, les deux détachements se rendaient vers les postes qu'ils avaient mission d'attaquer, et les archers de garde les voyaient se perdre dans la nuit, du côté des retranchements ennemis.

Le comte avait donné ses instructions à Jehan, qui s'était séparé de lui au bas de la côte. Nous laisserons pour le moment la troupe du jeune lieutenant, afin de suivre celle que dirigeait le châtelain.

Jusqu'au pied des remparts, tout alla bien. Le comte avait menacé de mort quiconque donnerait l'éveil à l'ennemi par un cri ou par le choc des armes, et toutes les précautions semblaient prises. Bien qu'il eût grande confiance en ses hommes, il avait poussé la prudence jusqu'à se porter sans cesse de l'avant à l'arrière de sa troupe. C'est même pour cela que Sansonnet n'avait pas réussi à s'enfuir, comme il en avait l'intention.

Au nord et au sud, la palissade était moins élevée que

vers l'ouest; c'est pourquoi le comte avait choisi ces directions. Il était convenu, entre Jehan et lui, que la

Les archers de garde les voyaient se perdre dans la nuit.

jonction s'opérerait entre les deux colonnes lorsqu'elles auraient pénétré dans le camp ennemi.

Chaque colonne emportait avec elle cinq ou six échelles qui devaient faciliter l'escalade. Ces échelles n'étaient pas encombrantes, la palissade n'ayant guère que dix pieds de haut. Elle était solide, car Juan Scilly, n'ayant plus à s'avancer, l'avait fait renforcer avec des pierres et de la terre. C'était, en quelque sorte, un mur d'enceinte derrière lequel son armée semblait à l'abri de toute surprise.

Les échelles furent portées à une faible distance de la tour du nord.

« Laissez-moi monter, » dit une voix.

Et, à l'étonnement général, Sansonnet s'élança le premier sur la plus haute échelle qui s'appuyait sur une petite tourelle en saillie. Chacun admirait sa vaillance; mais le drôle avait son idée : lorsqu'il fut arrivé à sept ou huit pieds du sol, il promena son regard sur ses compagnons. Ceux-ci le suivaient de près à une distance d'un échelon à peine; d'autres, en rangs pressés, se tenaient au pied de la muraille, prêts, eux aussi, à l'escalade. Sansonnet jugea l'instant propice pour mettre à exécution son projet; il repoussa fortement l'échelle afin de faire croire à une brusque intervention de l'ennemi. Ceux qui se tenaient derrière lui, le bouclier au-dessus de la tête, perdirent naturellement l'équilibre et firent de vains efforts pour ne pas être renversés. L'échelle tourna un instant sur un pied, puis s'abattit avec la grappe humaine qu'elle soutenait, au beau milieu de la petite troupe.

Les boucliers, frappant sur les casques firent un bruit qui s'entendit au loin; d'autre part, les soldats, en recevant leurs compagnons sur la tête, laissèrent malgré eux échapper quelques cris de surprise ou de douleur.

Il n'en fallait pas plus pour attirer l'attention de l'ennemi.

« Saint-Georges! cria une voix derrière la palissade.

— Saint-Georges et Somerset! » répondirent des voix lointaines.

L'éveil était donné. Dans un instant tout le camp allait être sur pied, le comte n'avait plus qu'à battre en retraite.

A voix basse, le châtelain donna ses ordres, et la troupe docile reprit le chemin du bourg. Elle fut rejointe au bout de peu d'instants par Jehan et ses soldats, qui, au moment d'atteindre la tour sud, avaient entendu les cris des Anglais.

« Expédition manquée, mon pauvre Jehan! dit le comte.

— Qu'est-il arrivé, messire?

— Par ma foi, je n'y comprends rien. Mes précautions étaient si bien prises! Il faut que ces maudits Anglais soient toujours sur le qui-vive. »

Sansonnet s'adressa à haute voix à un de ses compagnons, de façon à être entendu du comte.

« Quel malheur qu'une si belle expédition ait manqué par la faute de deux ou trois enragés qui se sont précipités en même temps sur moi! Une seconde de plus et j'étais dans le camp!

— Ce qui m'étonne, dit le comte en se retournant vers Sansonnet, c'est qu'ils n'aient pas commencé par te gratifier de quelques coups d'épée. Cette échelle qui tombe toute seule, sans qu'un cri d'appel ait été poussé, me semble, encore maintenant, un fait extraordinaire.

— Les drôles ont saisi les deux montants avec une dextérité et une force peu communes, répondit Sansonnet. Je me suis trouvé à terre avant d'avoir su comment la chose s'était faite.

— Curieux!... » se contenta de dire le comte.

Jehan Piquier regarda Sansonnet attentivement. Un doute lui venait; mais la nuit était trop noire pour qu'il pût lire sur le visage de son ancien camarade.

CHAPITRE X

LE CANON DE GILBERT

Le lendemain matin, les habitants du bourg constatèrent qu'un grand mouvement se faisait dans le camp anglais. Bientôt ils virent s'ouvrir la palissade, du côté qui regardait le castel, sur une assez grande longueur et aperçurent quatre canons, dont le bronze brillait au soleil. Le comte de Beaumont avait été informé que les Anglais possédaient un canon, et voici que l'artillerie lui apparaissait beaucoup plus forte qu'il n'avait supposé. Il ne se découragea pas et fit prendre des mesures propres à assurer à ses vassaux une tranquillité relative. Il fut convenu qu'un veilleur serait placé dans le clocher de la petite église du bourg, et qu'il sonnerait chaque fois qu'il verrait le feu de l'ennemi; de cette façon, les défenseurs auraient le temps de se mettre à l'abri, avant que le boulet fût lancé. Ce matin-là, Gilbert Bute, qui, en sa qualité de chef des archers, avait la direction de l'artillerie, était allé trouver son capitaine, et lui avait dit :

« Messire, je dois vous prévenir que ma « petite Jane » s'ennuie.

— Pourquoi cela?

— Parce qu'elle n'a pas parlé depuis longtemps. »

C'était le plus gros de ses canons que Gilbert appelait « sa petite Jane ».

Non pas un canon vulgaire, mais une superbe bombarde qui lançait à chaque coup un boulet de pierre pesant quatre ou cinq cents livres.

« Alors, Jane veut parler? demanda Juan Scilly en riant.

— Oui, messire. Elle est un peu bavarde, comme toutes les dames, et son silence commence à lui peser.

— Parfait! Va lui rafraîchir la bouche avec un peu d'eau et annonce-lui que vers midi je lui permettrai de nous faire entendre sa jolie voix.

— Je vous remercie pour elle... et pour moi, » dit joyeusement Gilbert Bute, qui courut préparer ses canons avec l'aide des archers.

Les trois petites pièces étaient confiées à d'habiles tireurs, et Gilbert leur jetait de temps à autre un coup d'œil; mais il ne laissait à personne le soin de sa bombarde : Jane était sa fille d'adoption. Après chaque explosion, il l'arrosait d'huile ou d'eau fraîche avec d'infinies précautions et il lui parlait comme à une enfant.

A midi, « Mademoiselle Jane, » parée comme pour une fête, n'attendait plus que l'arrivée de son maître. Elle était prête à parler.

Le comte de Beaumont déjeunait à ce moment dans sa maison du bourg, une fort jolie demeure qu'avait fait construire son aïeul, et qui lui servait de résidence, lorsqu'une circonstance imprévue l'empêchait de coucher au castel.

Autour d'une table somptueusement servie, avaient pris place Guillaume de Lusignan et quelques-uns de ses chevaliers. Jehan Piquier, en sa qualité de lieutenant, se trouvait assis à côté du comte. Yolande de Beaumont était en face de son père, entre Guillaume et un chevalier nommé Guy de Morval. Sansonnet, par faveur spéciale, faisait partie de la noble compagnie. Le comte, ignorant sa ruse, et le croyant brave, avait voulu, par là, le récompenser de sa conduite de la nuit. N'était-ce pas en effet Sansonnet qui, le premier, s'était élancé sur l'échelle?

Les coupes venaient d'être remplies, et un superbe poulet avait été posé sur la table, lorsque la cloche de la petite église se mit à sonner.

« Bon! dit le comte, l'artillerie anglaise va donner.

— Pour qui sera le premier boulet? interrogea Guillaume en riant.

— Nul ne le sait! »

Soudain, une détonation terrible retentit; puis un sifflement passa dans l'air, la maison du comte parut trembler du sommet à la base et un énorme boulet, trouant le plafond, vint s'abattre au centre de la table.

C'était « Mademoiselle Jane » qui commençait à parler.

La vaisselle fut mise en miettes; la table, cassée par

le milieu, s'effondra, et le poulet roula jusqu'à l'extrémité de la pièce. La plupart des convives s'étaient levés. Sansonnet, au comble de l'épouvante, avait quitté la salle en courant comme un fou.

Yolande était très pâle, mais ne disait mot. Quant à Jehan, il était resté assis à sa place, aussi calme en apparence que s'il ne s'était rien passé.

« Continuons, dit le comte. La table n'existe plus, mais le boulet n'a blessé personne, c'est le principal. »

On apporta une autre table et le repas continua sans incident.

Guillaume de Lusignan fut le premier à s'apercevoir du départ de Sansonnet.

« Où donc est votre vaillant de cette nuit, messire comte? demanda-t-il.

— Sansonnet?

— Oui. »

Personne ne le savait. Sansonnet, complètement affolé, courait toujours, et nul n'aurait pu dire où il se trouvait en cet instant.

« Ce garçon me semblait avoir perdu la tête, observa Guy de Morval. Je l'ai vu s'enfuir quand la table est tombée. »

Le comte fronça les sourcils; un soupçon lui traversa l'esprit. Il commençait à douter de la bravoure de Sansonnet.

« Jehan, dit-il en se tournant vers son lieutenant, ta conduite te fait honneur. Je suis fier de toi! »

Les chevaliers applaudirent à ces paroles, et Yolande fixa sur le jeune homme un regard plein d'admiration.

Comme le repas touchait à sa fin, un sergent entra dans la salle.

« Qu'y a-t-il? demanda le comte. Que fait l'ennemi?

— Rien de nouveau, messire. Il se contente de nous bombarder.

— Je m'en suis aperçu! »

Tout le monde se mit à rire.

« Si je me suis permis de venir vous déranger, messire, reprit le sergent, c'est que j'ai, parmi mes hommes, un jeune garçon qui insiste pour vous parler sur-le-champ.

— Comment se nomme-t-il?

— Pierre. Il était de l'expédition de cette nuit et prétend avoir une communication intéressante à vous faire.

— C'est bien, amène-le! »

Le sergent salua et sortit.

« Ne vous semble-t-il pas, messire, qu'une sortie serait tout indiquée pour obliger les Anglais à faire taire leurs canons! demanda Guillaume de Lusignan.

— Vous êtes toujours le même, chevalier, répondit le comte; il vous faut du mouvement à tout prix. Allez donc et soyez prudent. Nos ennemis seront enchantés de revoir leur *French devil.*

— C'est peu probable! fit remarquer Guy de Morval, mais ils ont eu la bonne idée de découvrir une partie de leur camp! nous en profiterons.

— De la prudence, chevaliers, de la prudence! Ne vous laissez pas entourer. N'oubliez pas que votre aide m'est nécessaire et que votre courage ne doit pas vous entraîner à la témérité.

— Soyez sans crainte, messire. Nous suivrons vos conseils.

— Prenez ce cor. Si le péril était imminent, sonnez-en deux fois. Je me méfie de Juan Scilly; c'est un homme de guerre consommé, et je ne veux rien laisser au hasard. Il peut se faire que vous ayez besoin de moi.»

Guillaume et ses chevaliers remercièrent le comte et sortirent.

Jehan et Yolande restèrent seuls avec le châtelain; mais cinq minutes ne s'étaient pas écoulées, que le sergent rentrait accompagné de Pierre.

« Voici le jeune homme, » fit-il.

Celui-ci salua sans embarras, puis regarda le comte, attendant qu'on l'interrogeât.

CHAPITRE XI

UNE SORTIE

Il y eut un instant de silence.

« Tu veux me parler? demanda enfin le sire de Beaumont.

— Oui, messire.

— J'écoute! mais, dis-moi, n'est-ce pas toi que j'ai vu hier aux côtés de maître Benoît?

— C'est bien moi, messire, et vous m'avez fait l'honneur de m'emmener cette nuit. Je faisais partie de la colonne que vous commandiez, et j'ai vu bien des choses. »

Pierre s'arrêta comme s'il craignait maintenant de s'expliquer.

« Allons, parle! Que veux-tu dire? »

Le jeune homme regarda autour de lui, sans paraître se décider.

« Je puis parler devant tous? demanda-t-il enfin.

— Sans doute, répondit le comte avec une certaine impatience. Que crains-tu? Ce n'est ni Jehan, ni ton sergent qui peuvent te gêner. Mademoiselle Yolande ne trahit pas les secrets de son père, que je sache? »

Pierre devint rouge comme une cerise.

« Excusez-moi, messire, dit-il. C'est que je vais porter une grave accusation contre un camarade de messire Jehan et j'ai peur de... »

Ce fut autour de Jehan d'intervenir.

« Ne crains rien, déclara-t-il, je n'ai aucun reproche à me faire, et, si l'un de mes camarades a manqué à son devoir, je serai le premier à demander qu'il soit puni.

— C'est de... votre compagnon Sansonnet qu'il s'agit.

— Tu dis bien. Il fut mon compagnon de jeux lorsque j'étais enfant, mais il n'est pas un camarade. Je n'ai même aucune sympathie pour lui. Nos idées diffèrent beaucoup.

— Laisse parler Pierre, mon bon Jehan, prononça le comte.

— Je disais, messire, reprit le jeune homme, que ce Sansonnet a commis une grosse faute.

— Une grosse faute?

— Il vous a trahi cette nuit!

— Comment cela?

— C'est lui qui a fait manquer l'expédition.

— Quelle preuve en as-tu? Les ennemis ne l'ont-ils pas renversé?

— Il n'y avait pas d'ennemis! Les Anglais ne sont arrivés qu'après, lorsque l'échelle était déjà tombée.

— Et... qui l'a fait tomber?

— Sansonnet.

— Tu en es sûr?

— Oui, messire, j'étais derrière lui, et je l'ai vu la repousser du pied. S'il est monté le premier à l'assaut, ce n'était pas par bravoure, c'était pour exécuter son plan.

— Pourquoi ne m'as-tu pas dit cela plus tôt?

— Parce que je craignais de m'être trompé. Je doutais de ce que j'avais vu, mais maintenant j'en suis sûr, d'autant plus que Sansonnet s'est enfui d'ici tout à l'heure lorsque le boulet est tombé.

— Sais-tu où il s'est réfugié?

— Oui, messire.

— Va me le chercher!

— C'est impossible.

— Ce mot-là n'est pas français.

— C'est très difficile, tout au moins.

— Où donc est-il?

— Dans le camp anglais! »

*
* *

C'était vrai. Sansonnet se sentait découvert et n'avait accepté qu'avec effroi de déjeuner en compagnie du comte. Pierre lui avait dit, le matin même, qu'il révélerait sa conduite au sire de Beaumont, et Sansonnet avait nié avec énergie de s'être rendu coupable; mais il n'attendait qu'une occasion pour s'enfuir, comprenant bien qu'il n'était plus en sûreté. Cette occasion s'était présentée d'elle-même : le boulet, en tombant au milieu des convives lui avait causé une frayeur terrible, et, en se sauvant, il n'avait tout d'abord obéi qu'à la peur; mais, une fois dehors, il avait réfléchi que son retour dans la salle du festin n'était plus possible. Il avait compris que sa fausse bravoure ferait de lui la risée de tous, et que, peut-être, une punition sévère lui serait réservée. Il s'était dit aussi que Pierre parlerait, et que la colère du comte était à redouter. Il se vit pendu à la plus haute branche d'un chêne, et n'hésita pas à trahir son pays pour sauver sa vie. Un linge blanc à la main, afin de montrer ses intentions pacifiques, il se rendit au camp de l'ennemi.

En apprenant la conduite de Sansonnet, Jehan retint avec peine un geste de colère. Le comte allait répondre, lorsqu'un bruit singulier attira son attention : c'était comme un va-et-vient de gens d'armes mêlé d'appels brefs. Bientôt dans le lointain, retentit le son d'un cor.

« Guillaume de Lusignan est en danger! cria-t-il, suivez-moi! »

Déjà Jehan courait au dehors, rassemblant les soldats, jetant des ordres aux sergents.

« Mariette! » appela le comte.

La fidèle servante apparut à la porte de la salle.

« Restez auprès de Yolande, dit le maître et ne bougez sous aucun prétexte.

— Bien! messire.

Ayant prononcé ces mots, le sire de Beaumont sortit à son tour, suivi de Pierre, pour diriger le combat.

Ce fut, en effet, un véritable combat qui se livra ce jour-là sous les murs du bourg. Malgré les recommandations du comte, Guillaume et ses chevaliers s'étaient trop éloignés, emportés par leur courage. Dans l'ardeur de la lutte, ils n'avaient pas vu le piège que leur tendait Juan Scilly, et c'est seulement lorsque leur retraite avait été coupée que Guillaume de Lusignan avait compris son imprudence.

« Je tiens le *French devil* cette fois, avait murmuré le capitaine anglais.

— Il ne peut plus nous échapper! » répondit Gilbert Bute, en s'élançant sur le chevalier français.

Mais un vigoureux coup d'épée, en fendant son écu, lui avait donné à réfléchir. Guillaume fauchait les têtes autour de lui et ses chevaliers, la lance au poing, ne cédaient pas devant le flot montant de la troupe ennemie. Pourtant le cercle se rétrécissait autour d'eux avec une précision mathématique; la bravoure n'était pas suffisante pour que cet inégal combat pût durer longtemps, et Guillaume de Lusignan s'était décidé à sonner du cor.

Lorsque le comte et Jehan Piquier arrivèrent à la rescousse avec toute leur infanterie, la situation des chevaliers était critique. Grâce à la hardiesse des deux hommes et à la discipline parfaite des soldats, une trouée fut faite néanmoins dans les rangs ennemis et une légère hésitation des Anglais permit aux imprudents chevaliers de se frayer un chemin jusqu'au comte. C'était tout ce que désirait celui-ci, et le signal fut aussitôt donné de se replier sur le bourg en bon ordre.

Malheureusement, quelques fantassins étaient encore engagés dans la mêlée lorsque le pont-levis se releva, et on dut les sacrifier au salut de tous.

C'est ainsi qu'une vingtaine d'hommes restèrent au pouvoir des Anglais, qui les emmenèrent prisonniers. Parmi eux se trouvait Pierre, l'ancien garçon d'auberge de maître Benoît, l'ennemi mortel de Sansonnet.

CHAPITRE XII

DANS LE CAMP ENNEMI

Deux grands diables d'Anglais tenaient Pierre par les poignets et les lui secouaient rudement.

« N'essaie pas de t'échapper, disait l'un d'eux en mauvais français en lui posant une main sur le col et en lui donnant des coups de genoux dans les reins. Te voilà pris.

— Je suis pris! c'est vrai, soupira Pierre.

— A toi, James! cria le premier soldat à son compagnon. Passe la corde, et attache-moi solidement ce gamin.

— *All right!* Malcolm, je vais le ficeler comme un saucisson, dit l'autre.

— Non, pas comme ça! les bras seulement. Il faut qu'il puisse marcher.

— Et maintenant, va droit! » dit celui qu'on appelait Malcolm en accompagnant sa phrase d'un coup de poing entre les épaules.

Pierre obéit rapidement, pour éviter les caresses de ses ennemis. Il s'achemina vers le camp anglais, aussi vite que l'on voulut.

Bientôt, en compagnie des autres prisonniers, il franchissait la palissade à quelques toises à peine des canons.

Juste à ce moment Gilbert Bute en personne pointait sa bombarde dans la direction du bourg.

« Je veux parler à ce seigneur, » dit Pierre en reconnaissant l'un des cavaliers de l'auberge.

Un coup de manche de pique fut la réponse de James.

« Aïe ! fit Pierre. Je le connais ! Je vous dis que je le connais !

— *Stupid boy*, avance ! » cria Malcolm en le poussant.

Pierre ne perdit pas courage.

« Messire Bute ! Ohé, messire ! Je suis le garçon de l'auberge. »

Gilbert Bute tourna la tête.

« Qu'est-ce qu'il y a ? Qui m'appelle ? fit-il d'un air de mauvaise humeur.

— C'est moi ! messire.

— Qui, toi ?

— Le garçon de maître Benoît. Vous souvenez-vous ? L'aubergiste qui vendait du si bon vin.

— Ah ! oui, parfaitement ! Viens ici, drôle, tu es sous ma protection. »

Gilbert Bute mit le feu à sa pièce, le coup partit. Une moitié du pont-levis vola en éclats.

« Maintenant, je suis à toi, dit-il d'un ton joyeux : « Jane » a assez bavardé pour aujourd'hui. »

Puis, se tournant vers les servants, il ajouta :

« Il faudra lui donner à boire : elle doit avoir soif. A propos de soif, que disais-tu de l'auberge de maître Benoît ?

— Je disais, messire, que je vous avais servi du vin couleur de rubis.

— Par saint Georges ! je m'en souviens. N'en as-tu pas sur toi un flacon de pareil ?

— Hélas ! non, messire.

— Alors, que viens-tu faire ici ?

— Je ne sais pas.

— Tu t'es laissé prendre, à ce que je vois.

— Et vos soldats ont les poings durs, messire. J'ai le dos qui me fait mal et les reins endommagés.

— Parfait ! Je parie que tu voudrais changer de maître ?

— C'est tout à fait exact ! »

Gilbert Bute n'était pas un méchant homme ; il se retourna vers les soldats :

« Ce prisonnier restera avec moi, dit-il.

— Messire, commença Malcolm, il a les poignets attachés avec une corde qui m'appartient.

— Eh bien ! prends-la, ta corde !

— Q'en penses-tu ? dit James à son compagnon.

— Ce doit être un personnage important, » répondit l'autre tout penaud.

Et, s'adressant à Gilbert Bute, il demanda :

« Ne toucherons-nous pas une petite somme pour la rançon de votre prisonnier.

— Tiens, voici sa rançon, canaille! s'exclama Gilbert Bute en décochant un maître coup de pied au bas du... dos de Malcolm.

— Aïe! fit celui-ci, mauvaise paye!

— J'en vaux plus de deux cents comme celui-là, cria Pierre tout joyeux. Fais-toi donner ce qui t'est dû! »

Malcolm, qui se jugeait sans doute suffisamment payé, fit une grimace de fureur et s'éloigna.

Quand les deux soldats eurent disparu, Gilbert regarda Pierre avec une certaine curiosité.

« Ainsi, gamin, lui dit-il, tu as lâché le service du comte de Beaumont?

— Je ne l'ai pas fait exprès, messire, je vous assure!

— Je le crois bien, parbleu!

— Et s'il vous plaisait de me laisser rejoindre les miens...

— Ah çà! tu veux rire?

— Non, messire, je n'en ai pas envie.

— Il ne te plaît pas de rester avec moi?

— Si, je veux bien, s'empressa de répondre Pierre en voyant Gilbert froncer les sourcils. Ce Malcolm m'a si fort maltraité, que je ne tiens pas à retomber entre ses mains.

« Avance ! » cria Malcolm.

7

— Bien, petit. Tout ce que je peux faire pour toi, c'est de te prendre à mon service. Quant à te relâcher, il n'y faut pas songer avant la fin de la guerre.

— En tout cas, messire, je vous remercie d'avoir bien voulu prendre ma défense, et j'accepte volontiers de vous servir, pourvu que l'on ne m'oblige pas à lutter contre mon pays.

— C'est entendu. Tu m'as apporté à manger lorsque j'avais faim, tu m'as donné à boire quand j'avais soif, je vais te rendre la pareille. As-tu faim?

— Oui, messire.

— As-tu soif?

— Encore davantage. Je n'avais pas déjeuné lorsque le signal du combat a été donné.

— Alors suis-moi. Je vais te conduire jusqu'à mon « palais » et il restera bien, je suppose, de quoi te rassasier dans ma cuisine. »

La « cuisine » de Gilbert Bute n'existait pas plus que son « palais », le tout était représenté par une méchante cabane en bois, construite à la hâte, et qui contenait tout juste deux chambres. Pierre ne se montra pas difficile, comme on peut l'imaginer. Il mangea pour deux et but à longs traits.

Mais, dès qu'il eut fini, Gilbert Bute lui frappa sur l'épaule.

« Maintenant, dit-il, tu vas commencer ton service. Mon page lave la vaisselle dans la pièce voisine, va l'aider, et tâche de bien t'acquitter de tes fonctions. »

Pierre remercia son nouveau maître et s'empressa d'obéir.

Il avait à peine gagné la pièce voisine, qu'un bruit de voix attira son attention. Tout en aidant le page à faire son ouvrage, il prêta l'oreille à ce qui se disait, et son étonnement fut grand en constatant que Gilbert Bute parlait avec un Français.

CHAPITRE XIII

LE TRAITRE

« Quel peut être celui-là? se demanda Pierre. Il me semble que je reconnais sa voix. »

Il s'approcha de la cloison, découvrit une petite fente, et, profitant d'un moment d'inattention du page, il jeta un regard dans la pièce voisine.

Ce qu'il vit était bien fait pour le surprendre :

Debout entre deux soldats anglais se tenait un homme d'aspect craintif, et cet homme c'était Sansonnet.

Pierre retint avec peine un cri.

Gilbert Bute ne paraissait pas moins étonné que lui.

« Ah! dit-il en écarquillant les yeux, je ne me trompe pas, c'est bien mon gaillard de l'auberge, c'est l'homme à l'arbalète.

— Oui, messire, c'est bien moi, balbutia Sansonnet en rougissant. J'ai à vous dire certaines choses.

— Quelles choses? Peut-être le courage t'est-il venu après un mois de campagne. Tu portes un habit qui te rend brave, et tu viens me demander si je suis toujours disposé à te donner une leçon d'armes? »

En disant ces mots, Gilbert jeta un coup d'œil sur une longue rapière pendue à la muraille.

Pierre ne perdait pas un mot de cette conversation.

« Ce n'est pas cela, messire.

— Ah! tant mieux pour toi. Tu te portes bien?

— Messire, vous êtes trop bon.

— Ce n'est pas que je m'intéresse beaucoup à ta santé; je dirai même que le bout de ton nez, qui est rouge comme une cerise, a déjà l'autre fois attiré mon attention. Je l'aurais volontiers coupé pour t'apprendre à me déranger inutilement; mais un Anglais doit être correct et ne pas se battre avec qui désire rester à l'écart; ainsi donc, bois cette coupe de vin et parle à ton aise. »

Sansonnet, fort troublé par les paroles peu engageantes de Gilbert Bute, accepta le vin de l'ennemi et but pour se donner du courage. Ensuite, il dit :

« Messire, je suis un homme pacifique.

— Par saint Georges! je le vois bien.

— Et je vous apporte le moyen de terminer rapidement cette lutte inégale.

— Inégale pour vous autres!

— C'est ce que je veux dire, messire.

— Quel est ce moyen?

— La prise du castel.

— Tu m'offres le moyen de m'emparer du castel?

— Oui, messire.

— Par surprise?

— Par surprise. »

Pierre, l'oreille contre la cloison, ne perdait pas un mot de cette conversation. Le page, ayant fini d'essuyer la vaisselle, ronflait dans un coin, et notre ami avait toute facilité pour écouter.

« En somme, tu trahis ton maître? dit Gilbert Bute. Comment puis-je me fier à ta parole?

— Je vous donnerai toutes les preuves possibles de ma sincérité. »

Gilbert Bute fit signe aux deux soldats de se retirer; puis il se leva et se dirigea vers sa cuisine. Pierre n'eut que le temps de se jeter sous la table en faisant semblant de dormir, pour ne pas être découvert.

Son nouveau maître promena un regard circulaire dans la chambre, et, voyant que nul ne paraissait s'intéresser à ce qui se passait à côté. Il revint près de Sansonnet.

« Continuons! » dit-il.

Pierre reprit immédiatement son poste d'observation.

« Messire, vous avez tort de douter de moi, disait Sansonnet; je vous propose de vous conduire sans péril jusque sous les murs du castel.

— Et comment gravirons-nous la roche? Il n'y a qu'une route, et elle est bien gardée.

— Nous ne prendrons pas la route.

— Le castel est entouré de profonds précipices; des rochers énormes, entassés comme au hasard, forment sa base. J'ai bien étudié l'endroit, comme tu vois. Et maintenant quel est ton plan?

— Supposez, messire, qu'au milieu de ces rochers et sur le bord de ces précipices se trouve un sentier praticable, connu de très peu de gens. Supposez que ce sentier, contournant les roches et les crevasses, gravisse la colline en lacets et aboutisse finalement derrière le castel.

— Continue.

— Le pont-levis deviendrait inutile, n'est-il pas vrai?

— Ensuite?

— Supposez encore, messire, qu'il se trouve en cet endroit une chambre inhabitée, dont la fenêtre serait à six pieds du sol, que cette fenêtre soit facile à ouvrir et que nous ayons une échelle.

— Bien.

— Je propose de tenter l'expédition dans la nuit du 24 décembre, c'est-à-dire après-demain.

— Pourquoi cette date?

— Parce qu'il y aura fête au castel en l'honneur de Noël. D'autre part, le bourg sera mal défendu. Les habitants seront en famille et ne penseront pas à une attaque.

— Je ne vois pas ce que le bourg vient faire dans ton histoire.

— C'est bien simple. Le sentier dérobé que je vous indiquerai est assez peu praticable, et seuls quelques hommes résolus pourront le prendre. Une troupe en marche avec armes et munitions ne peut passer par là.

— Alors?

— Alors ceux qui réussiront à s'introduire dans le castel se précipiteront vers le pont-levis qu'ils abaisseront, tandis que le gros de la troupe s'avancera par la route du bourg et viendra la rejoindre dans l'intérieur du manoir, qui ne pourra résister longuement. La nuit grossit les images, on ignorera le nombre des soldats entrés par escalade. Une vingtaine d'hommes suffiront pour tenir en respect une garde endormie, et prise à l'improviste.

— Fort bien, ton projet ne manque pas d'habileté. J'en parlerai à messire Juan Scilly. Il se peut que nous réussissions. Nous devons même réussir, car le pont-levis du bourg est fortement endommagé par le boulet que Jane a si bien lancé tantôt. Pourtant un doute me vient. Si tu trahis ton maître, tu es capable de nous trahir également. »

Pierre retenait son souffle et serrait les poings derrière la cloison.

« Canaille! dit-il entre ses dents.

— Messire, reprit Sansonnet, je ne n'ai pas d'intérêt à vous trahir. Je suis en votre pouvoir, et, sans nul doute, vous me feriez payer cher votre défaite.

— Tu peux y compter.

— Vous allez savoir pourquoi je trahis le comte : ma vie est en jeu. Un jeune fou m'a desservi auprès du sire de Beaumont et ma place n'est plus au castel. »

Pierre aurait voulu étrangler Sansonnet; il se contenait avec peine.

« Tu me paieras ce mot-là! dit-il tout bas. Je te retrouverai! »

Gilbert Bute réfléchit un instant.

« Suis-moi, » dit-il enfin.

Et il se leva.

« Où me conduisez-vous? demanda Sansonnet.

— Chez le capitaine, il faut que messire Juan Scilly soit informé de ton plan. »

Les deux hommes sortirent de la cabane et s'éloignèrent d'un pas rapide.

CHAPITRE XIV

L'ÉVASION

Sitôt qu'il se vit seul avec le page endormi, Pierre songea au moyen de s'enfuir. Il voulait à tout prix prévenir le comte du danger qui le menaçait. Mais, hélas! l'entreprise n'était pas aisée; le camp était entièrement clos; la palissade ouverte le matin venait d'être refermée; il était donc à peu près impossible de sortir sans être vu. Un instant Pierre baissa la tête d'un air découragé. Allait-il laisser le guet-apens s'accomplir et Sansonnet triompher?

« Oh! ce Sansonnet, comme il le détestait, comme il désirait le voir pris, comme il méritait bien d'être pendu à quelque branche de chêne, ou transpercé par les flèches des archers.

Pour le moment, le plus pressé était de s'échapper et du même coup de sauver les Français.

Pierre serrait les poings et se mordait les lèvres, cherchant un plan d'évasion.

La nuit vient vite en décembre ; déjà le jour commençait à décroître, il était près de 4 heures. Une idée audacieuse germa dans le cerveau du jeune garçon. Avec une décision remarquable, il la mit sur-le-champ à exécution. Cette idée consistait à s'équiper comme un soldat anglais afin de traverser le camp sans être inquiété. Ensuite il trouverait bien une excuse pour que la sentinelle le laissât sortir ; justement, le casque du page et son épée étaient accrochés à un mur. Sans hésiter, Pierre s'en empara, jeta sur ses épaules le manteau de son compagnon qui traînait sur un escabeau, et sortit. Fort heureusement, le page ronflait comme une toupie. Une fois dehors, Pierre chercha à se donner l'allure d'un Anglais et marcha d'un pas dégagé, sans se presser pour ne pas attirer l'attention.

Toutefois, son cœur battait très fort. Sa situation était périlleuse. D'un moment à l'autre on pouvait s'apercevoir de sa supercherie ; s'il était découvert, c'était pour lui la mort certaine. Pourtant, le ciel semblait favoriser sa fuite, la nuit était venue et une petite pluie fine commençait à tomber.

Lorsqu'il arriva devant la palissade, il se mit à la longer, cherchant une issue. Il ne tarda pas à se trouver devant une petite poterne que gardait une sentinelle. Au bruit des pas la sentinelle se retourna.

« *Where are you going* (Où allez-vous) ? » demanda-t-elle.

Pierre resta une seconde interdit.

Il connaissait un peu l'anglais, mais il craignait d'être trahi par son accent; il tira de la poche de son justaucorps un papier plié et murmura à l'oreille de la sentinelle, en mettant un doigt sur les lèvres :

« *Gilbert Bute's order* (ordre de Gilbert Bute).

— *Well!* (bien), » répondit le soldat, et il ouvrit la porte.

Pierre avait grande envie de bondir au dehors; mais il se retint pour ne pas donner l'éveil, et passa la palissade avec un calme parfait.

« *Good bye! old fellow* (au revoir, vieux camarade), » dit la sentinelle.

Pierre fit un signe de la main en guise de salut et marcha avec lenteur pendant quelques secondes; mais, lorsqu'il eut entendu la porte se fermer, un soupir de satisfaction s'échappa de sa poitrine; il jeta son manteau sur son épaule et se mit à courir de toute la vitesse de ses jambes dans la direction du bourg.

La nuit était complète lorsqu'il y arriva. Pourtant, Pierre n'était pas encore sauvé; il ne fallait pas songer à se faire baisser le pont-levis à cette heure; d'autre part, il pouvait être poursuivi, et son cri d'appel guiderait les Anglais. Il jugea plus prudent de longer le fossé pendant près de cinq minutes, jusqu'à un endroit qu'il connaissait bien. Il observa minutieusement sa route, s'assura qu'il était dans la bonne direction, et, après avoir dépassé un grand arbre, il compta cinquante pas, tourna à droite et descendit résolument dans le fossé. A un pied à peine au-dessus de l'eau verdâtre qui le remplissait, un gros tronc d'arbre abattu permettait d'atteindre le rempart.

Pierre se mit à plat ventre sur ce tronc, puis, s'aidant des pieds et des mains, il atteignit l'autre rive. Alors il traversa une épaisse rangée d'ajoncs qui le griffaient au passage et dans lesquels il dut se frayer un chemin avec son épée; puis il tourna à gauche, en rasant la muraille, et compta encore treize pas. En cet endroit, il se baissa, une étroite ouverture était pratiquée dans le mur d'enceinte. Pierre la franchit en rampant sur les genoux et les mains. Un instant après, il était dans le bourg.

Le plus difficile était fait. Désormais le fugitif se trouvait hors de danger. Sans prendre de repos, sans vouloir s'arrêter dans quelque maison du bourg, il prit immédiatement la direction du castel, où il était sûr de rencontrer à cette heure soit le comte, soit son lieutenant.

Comme il arrivait au bas de la côte, il aperçut maître Benoît, la pique sur l'épaule.

« Bonjour, patron! cria joyeusement Pierre.

— Par ma foi! dit l'ancien aubergiste, je te croyais passé dans l'autre monde. D'où viens-tu donc?

— Du camp anglais, où j'étais prisonnier.

— Et comment as-tu fait pour t'échapper? Par quel moyen es-tu rentré dans le bourg?

— Je répondrai plus tard à vos questions, patron; pour le moment, je dois aller trouver messire Jehan ou notre maître.

— A cette heure? tu n'y penses pas!

— J'y pense si bien, que je vous quitte tout de suite.

— Tu as un secret?

— Oui.

— Dis-le-moi?

— Ah! mais non, par exemple! »

Et, faisant une gambade, le malicieux gamin s'éloigna rapidement dans la direction du castel.

CHAPITRE XV

PIERRE AU CASTEL

Lorsque le jeune garçon fut arrivé au terme de sa course et qu'on lui eut ouvert la poterne après les formalités habituelles, il demanda à parler au comte de Beaumont.

« Parler à messire! répondit le soldat de garde avec un gros rire qui résonna sous la voûte. Tu veux plaisanter, petit! Ce n'est pas pour toi qu'il se dérangera.

— Il faut que je lui parle sur-le-champ, répondit Pierre sans s'émouvoir. J'ai à lui communiquer un secret de la plus haute importance.

— Et qui me prouve que tu dis la vérité? Le maître n'aime pas à être ennuyé; si ton secret n'est pas aussi important que tu le supposes, c'est sur moi que tombera sa colère. Tu trouveras donc bon que je te demande quelques preuves de ta sincérité.

— Je n'ai pas de temps à perdre, dit Pierre. J'arrive du camp ennemi, dont je ne me suis échappé qu'avec

« Bois cela ! » dit Jehan Piquier en lui tendant le gobelet.

peine. Nous sommes trahis par l'un des nôtres, et j'ai surpris une conversation du plus haut intérêt. Mon secret, l'ami, doit tout simplement sauver le castel et toi avec, probablement, car il ne s'agit de rien moins que d'une attaque nocturne qui réussirait sans doute si l'on n'était sur ses gardes.

— C'est différent, répondit le soldat après un instant de réflexion. Il est certain que, dans ce cas, le maître ne peut se fâcher. Pourtant, j'aimerais mieux que tu parles d'abord à messire Jehan.

— Soit! Laisse-moi passer et finissons-en. Je sais où habite le lieutenant, je vais aller le trouver.

— Non. Les ordres sont formels : on n'entre ici que sous bonne escorte. Le sire de Beaumont ne plaisante pas avec la consigne. »

Ayant dit ces mots, le soldat appela un de ses compagnons et, l'ayant mis rapidement au courant de ce que voulait Pierre, il le chargea de l'accompagner.

Jehan Piquier était dans sa chambre qu'éclairait une torche fumeuse; l'épée à la main, il s'exerçait à l'escrime, comme il avait coutume de le faire chaque jour, durant ses heures de loisir. Soudain, il entendit frapper à sa porte.

« Qui est là? demanda-t-il en continuant ses exercices.

— Nouvelles importantes! » dit le garçon de maître Benoît.

Jehan reconnut la voix.

« C'est toi, Pierre? fit-il.

— Oui, messire. »

Du coup, le lieutenant s'arrêta, accrocha son épée au mur et ouvrit la porte.

« Laisse-nous! » dit-il au soldat.

Celui-ci s'éloigna.

Jehan Piquier jeta sur Pierre un coup d'œil rapide; les vêtements du jeune homme, trempés et couverts de boue, lut firent facilement comprendre son équipée; il lui tendit la main et le fit asseoir.

Pierre enleva son manteau, posa son casque sur un escabeau et se laissa tomber sur une chaise en bois sculpté. Il paraissait exténué de fatigue.

« Bois cela! » dit Jehan Piquier en lui tendant un gobelet qu'il venait de remplir d'un vin généreux.

Pierre vida le gobelet d'un trait.

« Maintenant, parle vite! ordonna le lieutenant. Je vois à ton air que tu as des choses graves à me dire.

— Oui, messire, très graves. Je viens du camp ennemi. J'étais dans la tente de Gilbert Bute, lorsque j'ai surpris une conversation qui m'a bouleversé.

— Dis vite!

— Sansonnet trahit. »

Jehan Piquier, en proie à une rage contenue, se mit à marcher de long en large; il serrait les poings, puis tortillait nerveusement sa moustache, s'arrêtait un instant et se remettait en marche.

Enfin, il se planta devant Pierre, les bras croisés.

« Dis-moi tout ce que tu sais ! » ordonna-t-il.

Pierre raconta en détail ce qui lui était arrivé, depuis le moment où il avait été fait prisonnier jusqu'à son entrée au castel, et Jehan Piquier l'écouta sans l'interrompre, sans faire un seul geste de colère ou de menace. Seulement son visage se contracta en une grimace de haine à l'adresse de Sansonnet lorsque Pierre fut arrivé à l'endroit de son récit où il était question de la trahison.

Dès que le jeune homme eut fini de parler, le lieutenant lui fit signe de le suivre; puis, ayant éteint la torche, il prit son épée et sortit.

« Tu vas voir notre maître, qui, sans doute, te récompensera comme tu le mérites, dit Jehan. Il est indispensable qu'il soit mis au courant de la situation, car lui seul, en cette circonstance, a le droit de décider ce qu'il y a lieu de faire. »

Un instant après, les deux hommes entraient dans la grande salle où se trouvait le sire de Beaumont, et la porte se refermait sur eux.

CHAPITRE XVI

UN DUEL AU CLAIR DE LUNE

Le comte et Jehan Piquier, après avoir appris la trahison de Sansonnet et le plan de l'expédition qui allait être tentée contre le castel, prirent toutes les mesures nécessaires pour déjouer les projets de l'ennemi et le surprendre à leur tour.

Pierre reçut un écu d'or et une arbalète superbe en récompense du service qu'il venait de rendre. De plus, le comte le nomma dans sa garde en remplacement de Sansonnet.

Qu'on juge de la joie de notre ami lorsque, vêtu d'un bel habit neuf, il se promena, la pique à la main, dans la cour du castel.

Toute la journée du 23 décembre se passa à renforcer la garnison, et celle du 24 à pousser activement les travaux de défense en s'entourant de grandes précautions.

Ces efforts furent couronnés de succès, et les Anglais ne se doutèrent pas que l'on était prêt à les recevoir.

Gilbert Bute s'étant aperçu, en rentrant dans sa cabane, du départ de Pierre, s'était mis dans une grande colère contre son page Elgin, l'accablant de reproches et le menaçant de le faire pendre.

Néanmoins, comme il ignorait que son prisonnier eût entendu sa conversation avec Sansonnet, il s'était contenté d'infliger une punition à Elgin et ne s'était plus occupé que de l'expédition. Le 24 au soir, une grande partie des troupes de Juan Scilly se mit en marche, ainsi qu'il était convenu. Le capitaine conduisait en personne quinze cents hommes qui devaient s'emparer du bourg, gravir la côte et pénétrer ensuite dans le castel, dont le pont-levis serait abaissé par Gilbert Bute.

C'était, en effet, Gilbert Bute qui, avec vingt hommes résolus, devait s'engager dans le sentier qu'indiquerait Sansonnet, et entrer dans le château par la fenêtre dont nous avons parlé.

Au début, tout alla bien. Gilbert et sa petite troupe arrivèrent au pied de la roche sans rencontrer le moindre obstacle. Sansonnet s'engagea parmi les buissons, démasqua l'entrée d'un sentier à peine tracé et s'arrêta, bien décidé à ne pas risquer sa vie en allant plus loin.

« Souviens-toi de ce que je t'ai dit, lui murmura Gilbert à l'oreille; si je tombe dans une embuscade, si tu nous tends un piège, tu seras mis à mort demain. »

Sansonnet commença à trembler si fort, que ses dents claquaient comme des castagnettes.

« Messire, balbutia-t-il, je vous jure que je suis sincère; mais je ne peux pas être responsable de ce qui arrivera. Si mon secret n'a été dérobé par personne, le succès est assuré.

— Je te souhaite que tout marche bien, sinon... »

Gilbert Bute n'acheva pas sa phrase; mais il fit un geste qui en disait long et que Sansonnet dut comprendre, car il s'appuya contre un rocher pour ne pas tomber.

Après quoi, le chef des archers, ayant confié le traître à la garde d'un soldat, se mit à gravir avec des précautions infinies le sentier périlleux.

Tout semblait tranquille, mais la nuit était trop claire au gré de Gilbert; la lune brillait dans son plein, et un ennemi aux aguets aurait pu suivre tous ses mouvements. En faisant ces réflexions, le chef s'arrêta un instant dans l'ombre projetée par un rocher, fit signe à ses soldats de rester immobiles à l'abri des buissons voisins, et regarda avec une attention soutenue dans la direction du castel. Il sembla satisfait de son examen. Rien ne bougeait.

La petite troupe se remit en marche dans le plus profond silence et ne tarda pas à arriver sur une sorte de plate-forme. Cinq minutes encore, et l'échelle pourrait s'appuyer contre la fenêtre qu'avait signalée Sansonnet.

A ce moment, une flèche siffla dans l'air et passa à un pouce à peine de la tête de Gilbert.

« Couchez-vous ! » commanda celui-ci.

Les soldats obéirent.

Il était temps, une grêle de traits passa sur eux sans

les atteindre. Au même moment, Gilbert Bute aperçut Jehan Piquier qui, à la tête de quelques archers, s'avançait de son côté.

« En arrière, par file, doucement! » dit le chef anglais.

Les hommes d'armes, dociles, redescendirent le sentier qu'ils avaient si péniblement gravi, en s'abritant de leur mieux derrière les roches; mais, à quelques toises à peine de l'endroit où ils avaient été surpris, ils se trouvèrent face à face avec un petit détachement qui, après avoir tourné les buissons, essayait de leur couper la retraite.

Pierre faisait partie de ce détachement et son regard croisa celui de Gilbert Bute.

« Te voilà, drôle! dit l'Anglais. Si je te reprends jamais, malheur à toi! »

Il n'eut pas le temps d'en dire davantage, Jehan Piquier, l'épée haute, arrivait sur lui.

« C'est mon Anglais de l'auberge, dit le lieutenant.

— Eh! répondit une voix moqueuse, c'est Jehan Piquier, que j'ai laissé à demi mort entre les mains de maître Benoît.

— A nous deux, maintenant!

— A vos ordres! » s'exclama Gilbert mettant l'épée à la main.

Jehan Piquier se retourna vers les archers :

« Poursuivez les soldats, dit-il, je me charge du chef. »

Un sergent prit le commandement de la petite troupe.

Les deux adversaires croisèrent le fer.

« Je suis pris au piège! fit en ricanant Gilbert.

— Remarquez, messire, que j'agis courtoisement.

— Je remarque, répondit l'Anglais en attaquant.

— J'aurais pu vous laisser tuer par mes archers, continua Jehan tout en ripostant.

— J'en conviens.

— Ou vous faire prisonnier.

— C'est exact.

— Seulement je me suis souvenu de votre loyauté, et j'ai préféré régler la chose entre nous, tout simplement.

— Parfait!... Eh bien! parez ce coup-là. »

En disant ces mots, Gilbert se fendit à fond, persuadé qu'il touchait Jehan en pleine poitrine; mais le jeune homme para avec une merveilleuse assurance.

« Oh! dit Gilbert, vous faites des progrès.

— Je m'exerce, répondit Jehan.

— Ce duel au clair de lune est charmant, » fit l'incorrigible railleur.

Et il redoubla d'attention, cherchant à deviner le défaut de l'adversaire.

Mais soudain il s'arrêta pétrifié : Jehan, après une attaque habile, venait de faire un croisement de fer si brusque, que l'épée de Gilbert, arrachée de sa main, vola à dix pas.

« Allez chercher votre épée, messire, dit le jeune

lieutenant avec une courtoisie railleuse; je suis vengé de ma dernière défaite. »

Gilbert se mordit les lèvres. C'était la première fois qu'il était désarmé. Il alla lentement ramasser son épée, revint vers Jehan et dit en le fixant bien en face :

« Je suis votre prisonnier, faites de moi ce qu'il vous plaira.

— Vous êtes libre, messire, répondit le jeune lieutenant. C'est de cette façon qu'un Français se venge. »

Les soldats de Jehan revenaient maintenant en bon ordre, conduisant avec eux cinq prisonniers. Le reste de la troupe anglaise, c'est-à-dire quatorze hommes, avait péri.

Gilbert Bute remit son épée au fourreau :

« Nous aurons bientôt, je pense, l'occasion de nous revoir, » dit-il à Jehan.

Et, sans daigner s'occuper des soldats qui l'entouraient, ce vaincu, que rien n'effrayait, descendit d'un pas tranquille le sentier tortueux qu'il avait gravi tout à l'heure avec l'espoir au cœur.

Arrivé au bas du ravin, il entendit un bruit de voix venant de l'endroit où il avait laissé Sansonnet.

Il se hâta vers ce lieu désert et y arriva au moment où un combat acharné commençait à se livrer entre l'archer anglais et un jeune homme qui, la pique à la main, cherchait à se frayer un passage jusqu'à Sansonnet.

« J'aurai ce traître, je l'aurai ! criait l'assaillant. Je le traînerai au castel. Il sera pendu !... »

Sansonnet, comprenant le péril, jugea le moment propice pour s'enfuir, et, laissant les deux hommes aux prises, il s'élança vers la route; mais il se heurta à Gilbert qui arrivait sur lui.

« Un seul mouvement et tu es mort! » dit celui-ci en lui mettant un poignard sous la gorge.

Sansonnet resta figé sur place.

« Maintenant, à nous! » cria Gilbert en se précipitant vers les combattants.

D'une main, il saisit l'assaillant au collet, et, de l'autre, il lui abaissa sa pique.

« Par ma foi, c'est mon ami Pierre! » remarqua-t-il avec un accent de surprise.

Puis, s'adressant au soldat, il ajouta :

« Désarme-moi ce gaillard, et en route! »

Pierre fut désarmé en moins de temps qu'il n'en faut pour l'écrire et conduit vers la grande route sous la surveillance de Gilbert.

Sansonnet, gardé à vue, ne fit aucune résistance pour se mettre en marche, et les quatre hommes prirent en silence la direction du camp anglais.

CHAPITRE XVII

UNE CHASSE A L'HOMME

Juan Scilly n'avait pas été plus heureux dans son attaque contre le bourg que Gilbert Bute dans sa surprise du castel : tous deux s'étaient heurtés à une résistance bien préparée.

En arrivant devant le bourg, le capitaine anglais avait trouvé le pont-levis réparé, et tous les défenseurs à leur poste. Son arrivée avait été saluée par une volée de flèches qui lui avait fait comprendre que le secret de l'entreprise n'avait pas été bien gardé.

Dans ces conditions, la lutte en pleine nuit contre un ennemi prévenu et bien abrité derrière ses retranchements était inutile.

L'expédition ne pouvait réussir, le mieux était de rentrer au camp. Il avait donc donné l'ordre de se replier, fort mécontent d'avoir été joué.

Gilbert Bute, rentré de son côté avec un seul de ses

soldats et deux prisonniers, était, comme on peut l'imaginer, d'une humeur farouche. Il avait fait enfermer Sansonnet dans l'ancienne auberge de maître Benoît transformée en prison. Pierre avait été confié à la garde du page Elgin, qui l'avait reçu avec une bordée d'injures :

« Rends-moi mon casque, chien de Français! Tu m'as fait punir par messire Bute; mais aujourd'hui, tu ne m'échapperas pas. »

Comme tout cela était dit très vite, dans un anglais barbare, Pierre n'en comprit pas la moitié et se contenta de lever les épaules.

Elgin n'osa pas frapper le prisonnier, car Gilbert le lui avait formellement interdit; mais il ne le perdit pas de vue, ce qui n'empêcha pas notre ami de dormir paisiblement.

Le lendemain, dès que le camp fut éveillé, Gilbert et Juan Scilly eurent une longue conversation à la suite de laquelle le capitaine anglais ordonna que Sansonnet fût tiré de l'auberge et conduit en sa présence.

On s'empressa d'obéir, et une demi-heure à peine s'était écoulée lorsque le prisonnier parut entre deux soldats.

Le pauvre Sansonnet, blanc comme un linge, paraissait plus mort que vif.

« Tu m'as trompé, dit avec calme Juan Scilly; prépare-toi à mourir. »

Sansonnet, de blanc qu'il était, devint vert, mais ne put articuler un son, la voix s'arrêtait dans sa gorge.

« Prends-le, dit le capitaine à Gilbert, et fais-en ce que tu voudras. »

Juan Scilly s'éloigna et Sansonnet ferma les yeux, comprenant que sa dernière heure était arrivée.

« Que vais-je faire de ce paquet de chiffons? demanda Gilbert Bute à un sergent en lui désignant Sansonnet.

— Sauf votre respect, messire, je le mettrais dans un sac, comme un renard pris au piège, et chacun viendrait lui donner, soit un coup de pique, soit un coup d'épée. »

Le malheureux Sansonnet avait rouvert les yeux et regardait avec épouvante tantôt Gilbert Bute, tantôt le sergent. Ses jambes tremblaient si fort, que deux soldats le soutenaient sous les aisselles.

Gilbert semblait réfléchir.

« J'ai trouvé mieux, dit-il. Allez me chercher l'autre prisonnier. »

Un instant après, Pierre arrivait, encadré de deux archers.

« Te voilà, brigand! dit Gilbert. Je n'ai pas jugé à propos de discuter avec toi hier, pour des raisons trop longues à t'expliquer; mais maintenant c'est différent, nous allons régler nos comptes. »

« Je suis frit, » pensa Pierre intérieurement; mais il ne se départit pas de son assurance :

« A vos ordres, messire, répondit-il.

— C'est de cette façon que tu me récompenses de ma bienveillance à ton égard? Tu t'échappes du camp et tu fais pis encore : tu dérobes le casque de mon page! Quelle raison trouves-tu pour justifier ta conduite?

— Excusez-moi, messire, mais je n'étais pas prisonnier sur parole, et puis, enfin, si je me suis enfui, c'était pour faire mon devoir de soldat, je voulais me battre pour mon pays. Quoi de plus naturel? Je sais bien qu'il y a l'histoire du casque et du manteau que j'ai dérobés. Que voulez-vous? c'était un déguisement; il fallait bien que je passe inaperçu. D'ailleurs, messire, je suppose qu'à ma place vous en auriez fait autant.

— C'est probable! fit Gilbert, essayant de cacher un sourire involontaire; mais je n'étais pas à ta place hier, et je ne voudrais pas m'y trouver aujourd'hui.

— Parbleu! répondit Pierre, je ne donnerais pas deux sols de ma peau. Dans un instant, je vais être pendu; à moins que l'on ne m'attache à un arbre pour servir de cible aux archers.

— Tu n'as pas peur de la mort?

— Non.

— Et si je t'offrais un moyen de sauver ta vie?

— C'est à voir. Si le moyen est acceptable, je n'en serais pas fâché.

— Aimes-tu cet homme? » demanda Gilbert en désignant Sansonnet.

Pierre fit une grimace de dégoût.

« Je le déteste. C'est un lâche, qui voulait trahir son pays.

— Veux-tu te battre avec lui?

— Je crois bien, messire. Donnez-moi une épée et je l'embroche comme un simple poulet!

— Tiens, voici la mienne. Je te l'offre en souvenir de ce qui s'est passé cette nuit entre un brave Français et moi.

— Merci bien, messire. La lame est effilée. Je suis prêt. »

Sansonnet n'était pas en état de se battre :

« Pierre, dit-il, je ne veux pas lutter avec toi. Je puis te blesser et...

— Qu'importe! répondit Pierre; une blessure reçue en combat loyal n'a rien de déshonorant.

— Sans doute, mais...

— Finissons-en!

— Doucement, intervint Gilbert Bute. C'est en dehors du camp que vous combattrez. »

Un éclair passa dans les yeux de Sansonnet.

« Soit! dit-il, j'aurai du courage. »

Et il regarda fièrement son adversaire.

Ce changement étonna l'Anglais.

« *By Jove!* fit-il, voilà une bravoure à laquelle je ne m'attendais guère! Après tout, j'aime mieux cela. Le combat sera intéressant. »

Pierre ne fut pas dupe de cette soumission.

« Que peut-il combiner encore? grommela-t-il. Je parierais qu'il médite quelque mauvais coup.

— Suivez-moi tous! cria Gilbert. Nous allons vers la tour ouest. »

On marcha quelques minutes en silence, puis on atteignit l'endroit choisi. Il y avait là un vaste espace découvert qui permettrait aux Anglais de suivre les péripéties du combat.

Aussitôt hors du camp, Gilbert plaça les deux adversaires en face l'un de l'autre, l'épée en main, et d'une voix forte il cria :

« Allez! »

Comme s'il n'avait attendu que ce commandement, Sansonnet tourna les talons et se mit à courir comme un lièvre.

« Arrête! misérable, cria Pierre en s'élançant à sa poursuite, tu vas te couvrir de ridicule sous les yeux de nos ennemis. Sois brave une fois dans ta vie. Ne m'oblige pas, pour l'honneur du nom français, à te tuer comme un chien! »

Le fuyard n'avait garde de répondre, il ne cherchait qu'à mettre le plus rapidement possible une grande distance entre Pierre et lui.

Au lieu de se diriger vers le bourg, Sansonnet avait instinctivement tourné à droite; il courait vers une haute colline coupée de ravins et parsemée de buissons. S'il réussissait à l'atteindre, il avait quelque chance d'échapper, car le terrain mouvementé lui permettrait aisément de se cacher. S'il découvrait alors, comme il pouvait l'espérer, une retraite sûre, il se tiendrait immobile, attendrait la nuit, et s'éloignerait ensuite du pays.

Toutes ces idées s'agitaient dans la tête de Sansonnet, qui, peu à peu, gagnait du terrain. Il allait comme le vent.

Pierre ne le perdait pas de vue, s'efforçant de ménager ses forces, attendant l'instant propice pour bondir sur le fuyard.

A quelques toises de la colline, Sansonnet parut se ralentir; son souffle devenait haletant, ses jambes fléchissaient.

Là bas, les soldats suivaient avec une grande attention les péripéties de cette course, échangeant à haute voix leurs impressions :

« Il le rattrape!

— Non, pas encore.

— Il atteint la colline.

— Qui ça?

— Le traître, parbleu!

— Voyez! Il a sauté le ravin.

— Oh!

— L'autre aussi!

— Bien!

— Le voilà sur la pente.

— Il se laisse glisser le long d'une roche.

— Il va se rompre le cou!

— Non. Il se jette à plat ventre sous un buisson.

— Canaille!

— Il est sauvé!

L'autre a perdu sa trace.

— Regardez, il cherche partout.

— Bravo ! il retrouve la piste.

— Il glisse à son tour le long de la roche.

— Sansonnet est pris !... »

C'était vrai. Un cri lamentable, un cri d'effroi surtout, se fit entendre, et Sansonnet, traversé de part en part, roula pesamment dans le lit d'un torrent.

Cette fois, il était mort. Le traître avait payé sa dette.

Pierre, l'épée en main, prit sans être inquiété le chemin du bourg.

« A nous, maintenant, dit Gilbert Bute à ses hommes. Ce combat héroï-comique est terminé. Rentrons au camp. C'est au tour de « Jane » de prendre la parole. »

CHAPITRE XVIII

LE COURRIER D'HARFLEUR

Comme Gilbert Bute franchissait la palissade, il aperçut Juan Scilly auprès d'un cavalier couvert de poussière et monté sur un cheval tout blanc d'écume.

« Un courrier d'Harfleur, dit Juan Scilly en désignant le cavalier et en faisant signe à Gilbert d'approcher. Il apporte de graves nouvelles. »

Gilbert congédia ses soldats.

« La ville tient bon? demanda-t-il anxieusement.

— Elle est prise, messire, répondit le cavalier.

— Prise?... Par qui?

— Par Jean Bureau.

— Ah!

— Impossible de tenir contre ses canons. »

Juan Scilly intervint :

« Le duc de Somerset m'informe, par ce pli, que la situation devient périlleuse; il insiste pour que l'on presse le siège de Beaumont. Je t'ai fait venir, Gilbert, pour te dire ceci : Il faut prendre le bourg aujourd'hui.

— Prendre le bourg?... Bien, messire. Je ferai l'impossible.

— Je compte sur toi. Comment sont tes canons?

— En parfait état.

— Et les munitions?

— Plus nombreuses qu'il n'est besoin. Je puis bombarder le bourg pendant dix jours sans interruption.

— Il faut qu'un seul suffise. Vise bien et surveille tes servants. Tâche de démoraliser l'ennemi par la justesse du tir. Acharnez-vous de préférence sur les ponts-levis et les remparts; je donnerai l'assaut à midi.

— Bien, messire.

— Fais-moi d'ici là une trouée suffisante pour que nous puissions passer en masse. Toute l'armée donnera.

— C'est compris. « Jane » va ouvrir le feu. »

Gilbert Bute s'éloigna pour préparer sa pièce et donner ses ordres, tandis que Juan Scilly, suivi du messager, rentrait dans la cabane qui lui servait de quartier général.

« Parlez, maintenant, parlez sans crainte; nous sommes seuls, » dit Juan Scilly en se retournant vers le courrier.

Celui-ci, après avoir laissé son cheval aux mains d'un écuyer, entra à son tour dans la pièce, tendue d'étoffes épaisses.

« Il faut que je sache le plus exactement possible où nous en sommes, reprit le capitaine anglais. Dites-moi ce que vous avez appris? ce que vous avez vu?

— Hélas! nous perdons notre conquête, messire. Notre grand Talbot voit l'avenir en noir. Le duc de Somerset n'a plus confiance. Un dernier effort va être tenté pour garder ce qui nous reste de la Normandie.

— Que font les Français?

— Ils marchent sur Honfleur.

— Et Jean Bureau?

— Il est partout où il y a une ville à prendre, avec ses coulevrines et ses bombardes. Il a juré de venger Jehanne d'Arc. Il veut nous chasser de Normandie. C'est un terrible homme de guerre, en vérité.

— A quelle date la ville d'Harfleur est-elle tombée au pouvoir des Français?

— Exactement hier, messire, le 24 décembre. Et beaucoup des nôtres ont péri pendant le siège.

— Que dit-on là-bas du connétable?

— Il est en basse Normandie, secondé par le comte de Clermont, et ne nous laisse pas un instant de répit. Il a organisé l'armée française d'une façon admirable; la discipline la rend invincible.

— La situation est grave, en effet. Il faut précipiter les choses; je vais tenter un grand coup. Vous allez repartir sur-le-champ.

— Mon cheval est fourbu.

— Je vous donnerai le mien.

— Oh! messire.

— Ne me remerciez pas, c'est pour l'Angleterre. Vous direz de ma part à monseigneur le duc... Non, ne dites rien. Je vais vous donner un pli cacheté que vous lui remettrez.

— Bien, messire. »

Dix minutes plus tard, le courrier galopait à toute bride dans la direction d'Honfleur.

Gilbert Bute avait fait charger ses canons; les trois coulevrines tonnèrent en même temps, et la grosse voix de « Jane » se fit entendre à son tour.

Dans cette seule matinée, plus de cent projectiles furent lancés sur le bourg. Le pont-levis était complètement démantelé; une brèche large de plusieurs pieds se voyait dans la muraille; les défenseurs étaient aux abois et les boulets avaient fait plusieurs morts. Le comte eut une longue conférence avec Jehan et décida de faire monter au castel les femmes et les enfants. Cet ordre fut exécuté avec un plein succès et les assiégés, tranquilles de ce côté, s'apprêtèrent à repousser vigoureusement l'attaque. Vers midi, les canons anglais se turent, et Juan Scilly fit avancer ses troupes en bon ordre. Lorsque le comte s'aperçut que les trois mille hommes qui composaient l'armée ennemie s'avançaient vers le bourg, il commença à préparer sa retraite, persuadé que la poignée de braves gens dont il disposait ne pourrait tenir longtemps contre une pareille force.

Jehan Piquier fut chargé d'embusquer les archers et de veiller sur eux. Guillaume de Lusignan, avec ses chevaliers, protégerait l'arrière-garde lorsqu'on reculerait vers la colline, et le comte commanderait le gros de la troupe.

On laissa les Anglais s'approcher jusqu'au pont-levis sans les inquiéter. Un héraut ennemi sonna du cor et somma la garnison de se rendre.

Le comte parut en haut des créneaux qui dominaient la porte :

« Si vous voulez le bourg, tâchez de le prendre ! dit-il fièrement. Nous allons vous recevoir comme vous le méritez. »

Un murmure d'indignation courut dans les rangs anglais; les soldats jetèrent de longues planches au-dessus du fossé et se précipitèrent par la brèche vers l'intérieur du bourg.

C'était le moment qu'attendait Jehan.

« Tirez ! » commanda-t-il aux archers.

Trente flèches partirent en même temps et une vingtaine d'hommes tombèrent.

Pendant une heure entière, les soldats du comte et les archers de son lieutenant tinrent en respect l'armée de Juan Scilly. La brèche fut défendue avec une énergie farouche; mais, à la fin, il fallut céder devant le nombre.

Guillaume de Lusignan, fidèle à la consigne qu'il avait reçue, vint se placer à l'arrière-garde avec ses chevaliers, et, la lance au poing, ils opposèrent une digue de fer au flot montant des ennemis. La retraite vers le castel s'effectua en bon ordre.

Trois ponts-levis, placés de distance en distance sur le chemin montant, furent levés derrière les Français, et les ennemis ne purent les franchir.

Le comte avait perdu une vingtaine d'hommes dans ce combat, mais ses adversaires comptaient plus de deux cents morts.

Cette fois encore leur victoire leur coûtait cher.

Pourtant, ils étaient maîtres du bourg : Juan Scilly était satisfait.

CHAPITRE XIX

RICHEMONT !... RICHEMONT !...

A dater de ce jour, les défenseurs du castel n'eurent plus un instant de repos. Juan Scilly multiplia les assauts, tenta des surprises, mit tout en œuvre pour s'emparer de la roche.

Le comte et son lieutenant veillaient sans cesse et le capitaine anglais n'avançait guère.

En l'espace d'un mois, plus de dix assauts furent repoussés. Jehan Piquier était admirable d'endurance et de dévouement; on le trouvait partout où le péril se faisait pressant; il savait se faire aimer des soldats, qui lui obéissaient avec une remarquable promptitude, et le comte lui témoignait souvent sa reconnaissance par de bonnes et affectueuses paroles.

« Jehan, tu es notre bon génie, disait-il en lui tendant la main. J'ai pour toi plus d'affection que je ne le laisse voir; je te considère, mon cher Jehan, comme mon fils d'adoption.

— Je ne fais que mon devoir, messire, » répondait modestement le jeune lieutenant.

Yolande, enfermée dans ses appartements avec Mariette qui ne la quittait guère, apercevait de loin en loin son camarade d'enfance, et les beaux yeux de la jeune fille se mouillaient de larmes à la pensée des dangers qu'il courait et de la témérité avec laquelle il exposait chaque jour sa vie pour le salut commun.

Guillaume de Lusignan et ses fidèles ne pouvaient plus faire de sorties, mais ils prêtaient l'aide de leurs bras au châtelain.

Vers la fin du mois de janvier, c'est-à-dire trente jours environ après la prise du bourg, une grande nouvelle se répandit parmi les défenseurs du castel et vint leur redonner l'espoir : Honfleur venait, disait-on, d'être pris par les Français; le connétable de Richemont, à la tête d'une troupe d'élite, accourait vers Beaumont.

On juge de l'effet que produisit cette annonce dans le camp français. Le comte redoubla de précautions, fit fortifier tous les endroits faibles, et, ayant rassemblé la garnison, lui fit un discours vibrant, empreint du plus pur patriotisme. Il fallait tenir encore quelques jours; tenir à tout prix, et ce serait la victoire éclatante, le repos bien gagné. Il fallait repousser l'ennemi encore une fois, s'il tentait l'assaut. Chacun devait se faire tuer à son poste plutôt que de reculer d'un pas.

Lorsque le comte cessa de parler, tous les yeux brillaient, tous les cœurs battaient à l'unisson; de vieux sergents pleuraient.

« Vive France! cria le comte en levant son épée.

— Vive France! » répondirent en chœur tous les soldats.

Et leurs voix résonnèrent jusqu'au camp anglais.

Juan Scilly, jugeant la situation très grave, résolut de jouer le tout pour le tout; il tenterait un dernier assaut à la tête de sa troupe. Il fallait vaincre avant l'arrivée des renforts, sinon la partie était perdue. Cette idée une fois entrée dans son esprit, il mit tout en œuvre pour réussir, et s'élança à l'assaut à la tête des siens.

Gilbert attaqua le castel par le nord, avec de solides échelles et des hommes résolus.

De part et d'autre, les soldats se battirent comme des lions. Ce fut la plus terrible lutte que les défenseurs eurent à soutenir; l'assaut dura deux jours. La nuit même était troublée par des appels de cor et par le cri des sentinelles.

Vers la fin du second jour, les soldats du comte, épuisés de fatigue, commencèrent à fléchir, et Gilbert Bute en profita pour renouveler l'attaque avec une troupe fraîche. Il y eut un moment d'angoisse : quelques Anglais arrivèrent à hauteur des créneaux et ils auraient sans nul doute pénétré dans la place, sans le dévouement de Jehan Piquier, qui en précipita deux dans le vide et rallia les archers prêts à se débander.

En cet instant, un cri vibrant déchira l'air :

« Richemont!... Richemont!... »

L'armée du connétable était en vue :

« France et Beaumont! cria Jehan en brandissant son épée et en frappant sur les casques qui continuaient à surgir en haut des échelles.

— Saint-Georges et Somerset! hurla Gilbert Bute au pied des remparts en poussant ses soldats.

— Richemont!... Richemont!... » répondirent des voix lointaines.

L'avant-garde du connétable arrivait à toute bride, les lances en arrêt, prête à bondir au milieu des ennemis.

« Tenez bon! le renfort arrive, disait le comte, allant de l'un à l'autre. Pour la France, mes amis! Encore un effort! Visez juste! »

Une échelle poussée par dix bras vigoureux vacilla sur sa base et tomba sur les rocs, entraînant la grappe humaine accrochée à ses échelons.

« Vive France!

— Somerset!

— Richemont!... Richemont!... »

La situation devenait périlleuse pour l'armée anglaise. Gilbert Bute, couvert de sueur, la cuisse traversée d'une flèche, n'était plus en état de soutenir les siens. Il fallait éviter un désastre : Juan Scilly, la rage au cœur, donna le signal de la retraite.

CHAPITRE XX

LE PRÉSENT DU CONNÉTABLE

Beaumont était délivré.

Juan Scilly quitta le bourg en silence la nuit suivante, afin d'établir sa jonction avec le duc de Somerset. Sa troupe, diminuée de plus de huit cents hommes, allait renforcer l'armée du duc et essayer de sauver les quelques places fortes que les Anglais possédaient encore en Normandie.

Au castel, il y avait fête. Les défenseurs, après avoir descendu les blessés au bourg, où un chirurgien, aidé des femmes et de quelques aides, leur prodiguait ses soins, s'étaient mis à festoyer et à boire de grandes coupes d'un vin rose, que leur avait généreusement fait distribuer le comte.

Le connétable de Richemont fit son entrée au castel, escorté de plusieurs chevaliers vêtus de riches armures, et fut reçu avec tous les honneurs dus à son rang. Le comte de Beaumont en personne vint à sa rencontre et le salua de l'épée.

Après avoir félicité le châtelain de sa magnifique résistance et l'avoir assuré de la faveur du roi, le connétable s'adressa aux soldats réunis dans la cour d'honneur et leur fit donner quelque argent par ses écuyers.

Des cris de bienvenue montèrent dans l'air. Le comte, précédant son hôte, le fit ensuite entrer dans la grande salle avec les dix chevaliers qui le suivaient.

Dans cette salle se trouvait Jehan Piquier, qui avait été chargé d'en surveiller la décoration. Des trophées étaient suspendus aux murs; une bannière anglaise prise à l'ennemi était posée près du dais réservé au connétable.

Guillaume de Lusignan et Guy de Morval faisaient partie de l'escorte du comte. Ces vaillants hommes de guerre pénétrèrent dans la salle et la porte se referma sur eux.

« Monseigneur, dit le comte de Beaumont en s'adressant à son hôte, je me fais un devoir de vous signaler la brillante conduite de votre fidèle Guillaume de Lusignan et de son ami Guy de Morval. Ces deux chevaliers, à la tête de la vaillante troupe qu'ils commandent, m'ont puissamment aidé à tenir en respect un ennemi beaucoup plus nombreux. »

Le connétable serra la main aux deux chevaliers, qu'il connaissait de longue date, et alla s'asseoir sous le dais qui lui était réservé.

« Avez-vous une faveur à me demander, mon cher comte? dit-il. Je vous accorde à l'avance tout ce qu'il est en mon pouvoir de vous accorder.

— Ah! monseigneur, s'il en est ainsi, vous pouvez me rendre heureux, car j'ai, en effet, une très grande faveur à vous demander.

— Parlez sans crainte. Tout le pouvoir que je tiens du roi est aujourd'hui à votre service. »

« Moi, Richemont, connétable de France, je te fais chevalier. »

Le comte, sans répondre, fit signe à Jehan d'approcher, et, lorsqu'il fut près de lui, il se retourna vers le connétable :

« Qu'il vous plaise, monseigneur, accueillir favorablement ma requête. Je ne demande rien pour moi; mais je voudrais beaucoup pour le plus fidèle et le plus brave de mes vassaux, Jehan Piquier.

— Messire, balbutia le jeune homme en rougissant, je n'ai fait que mon devoir...

— Tais-toi, Jehan, interrompit le comte. Ton maître n'est pas un ingrat; je veux que monseigneur le connétable sache ce que nous te devons, afin qu'il puisse décider lui-même de la récompense que tu mérites. »

Alors, s'adressant à son hôte, il continua :

« Jehan Piquier m'a sauvé deux fois la vie et j'en ai fait mon lieutenant, bien qu'il ne soit qu'un homme libre; il a été blessé en se battant en duel avec Juan Scilly; il a déjoué une surprise nocturne et désarmé le chef de l'entreprise. Enfin, monseigneur, lorsque votre avant-garde est arrivée en vue du castel, nos défenseurs étaient à bout de forces; nous allions succomber sous le nombre, et Jehan Piquier nous a sauvés : il a précipité de sa main deux Anglais dans le vide; il a ramené mes soldats aux créneaux et obligé l'armée ennemie à se retirer. Je demande, monseigneur, si vous ne pensez pas, comme moi, que cela mérite une récompense? »

Le grand chef s'était levé sans mot dire. Lentement, il tira son épée.

« Jehan Piquier, dit-il enfin, approchez-vous ! »

Profondément troublé, le jeune lieutenant obéit, s'arrêta devant le connétable et mit un genou en terre.

« Chevaliers, cria celui-ci, tirez vos épées ! »

Tous les chevaliers présents obéirent.

« Ce jeune homme, continua le connétable, est un loyal serviteur. Il a combattu pour la France, pour son seigneur et pour son roi. Il a la noblesse du cœur, c'est à nous qu'il appartient de lui conférer celle du sang. Dès aujourd'hui, vous le considérerez comme l'un des vôtres. »

Des acclamations retentirent.

Le connétable frappa sur l'épaule du lieutenant avec le plat de sa lame et, au milieu d'un profond silence, prononça ces paroles :

« Au nom du roi Charles, moi, Richemont, connétable de France, je te fais chevalier. »

Jehan Piquier voulut se relever, mais la joie l'étouffait. Un orgueil légitime se peignait sur son visage : il ouvrit la bouche, mais pas un son ne sortit de sa gorge.

« Vive Jehan Piquier ! vive le bon chevalier ! » criait-on de toutes parts.

Et ces acclamations joyeuses montaient vers la voûte. Une émotion intense s'empara du jeune lieutenant : Jehan Piquier, intrépide devant l'ennemi, fut sans force devant le bonheur. Le nouveau chevalier chancela, étendit les bras vers un être invisible, leva les yeux sur le connétable et... tomba évanoui.

CHAPITRE XXI

LE SECRET DE YOLANDE

Quelques jours après les événements que nous venons de raconter, Yolande de Beaumont, assise dans sa chambre, tournait d'un air distrait les pages d'un gros livre posé devant elle.

A quelques pas de là, Mariette, respectant le silence de sa maîtresse, filait sans dire une parole.

Soudain, Yolande ferma son livre, regarda mélancoliquement la campagne par la fenêtre entr'ouverte, puis parut se plonger dans une profonde rêverie.

« Il fait froid, dit-elle enfin. Ferme la fenêtre. »

La servante s'empressa d'obéir.

La jeune châtelaine se renversa dans son grand fauteuil, ferma les yeux et ne parla plus.

Mariette la regarda avec attention. Au bout d'un instant, elle s'aperçut qu'elle pleurait.

Devant ce spectacle, la servante ne put se contenir.

« Vous êtes triste, damoiselle, dit-elle en venant s'asseoir à ses pieds; ne pourrais-je soulager vos peines? Je ne vous demande pas vos secrets; votre fidèle Mariette ne voudrait pas être indiscrète, mais j'ai pour vous tant d'affection et de respect, que je souffre de vous voir souffrir. »

La jeune fille releva la tête, ouvrit les yeux et regarda sa servante.

« Tu as raison, Mariette, dit-elle enfin, je suis injuste envers toi; je devrais te confier ma peine, je devrais... »

Elle ne put en dire davantage et fondit en larmes.

« Qu'avez-vous, damoiselle? Au nom du ciel, ne pleurez pas ainsi.

— Écoute, Mariette, le péril est passé, Beaumont est délivré de la présence des Anglais, et mon père va songer de nouveau à me donner un maître.

— Il n'y a rien là de bien effrayant, damoiselle.

— Les jeunes filles nobles se marient jeunes, Mariette. Je vais avoir dix-huit ans, et j'ai compris, aux paroles de mon père, qu'il me destinait un époux de son choix.

— Sans doute quelque riche seigneur qui vous aime et vous rendra heureuse.

— Que dis-tu là, Mariette? Un seigneur qui m'aime sans me connaître, voilà qui serait étrange! Et moi, crois-tu que je pourrais l'aimer, cet inconnu? Sais-tu à l'avance s'il me plaira?

— Non, je ne le sais. Mais je crois que vous

pouvez rencontrer un gentil seigneur digne de votre affection.

— Et si je n'en veux pas, de ce gentil seigneur? Si l'on m'oblige, comme c'est probable, à accepter un époux que je ne désire pas? Ah! si je pouvais parler! Si j'avais le droit de choisir.

— Peut-être votre noble père ne refuserait-il pas de vous entendre?

— S'il m'était permis d'avoir une volonté, je dirais... »

Mariette ne put savoir ce qu'aurait dit sa maîtresse, car, à cet instant, la porte s'ouvrit et le comte parut.

Yolande se leva pour saluer son père, et Mariette s'apprêta à se retirer.

« Restez ici, Mariette, ordonna le comte. Ce que j'ai à dire à votre maîtresse peut être entendu par vous, qui êtes un peu sa confidente, je crois. »

Mariette salua, et le comte, allant à la porte, fit signe à quelqu'un d'entrer.

Ce quelqu'un, c'était Jehan Piquier.

Le jeune homme s'inclina devant Yolande et se tint à côté de son seigneur dans une attitude respectueuse, mais calme.

« Ma chère fille, commença le comte, j'ai deux grandes nouvelles à vous annoncer : l'une d'elles a trait à notre ami Jehan, et l'autre à vous. »

Yolande regarda son père avec un étonnement marqué.

« Sachant l'intérêt que vous portez à notre cher lieutenant, le compagnon de jeux de votre enfance, j'ai pensé que vous apprendriez avec plaisir qu'un grand bonheur vient de lui arriver.

— Certes, j'en suis bien heureuse, dit la jeune fille. Tout ce qui vous touche, mon cher Jehan, nous intéresse.

— Vous êtes trop bonne, damoiselle.

— Sachez donc, reprit le comte, que messire Jehan, en récompense de sa belle conduite, fait aujourd'hui partie de la noblesse de France. Devant nous, dans la grande salle du castel, le connétable de Richemont l'a sacré chevalier.

— Jehan! dit la jeune fille avec un tremblement dans la voix, je suis bien contente! »

Et elle lui tendit sa petite main, sur laquelle le jeune homme posa respectueusement ses lèvres.

« Maintenant, dit le comte, je vais vous apprendre... une autre nouvelle. »

Il s'arrêta un instant et regarda sa fille.

« Je vous écoute, mon père, répondit Yolande en frissonnant.

— Vous êtes en âge de songer à vous créer un foyer.

— Oh! mon père,... murmura la jeune fille devenue craintive.

— Et je vous ai choisi un époux digne de vous, continua le comte.

— Il est de mon devoir de vous obéir, mon père. »

Elle lui tendit sa petite main, sur laquelle le jeune homme posa respectueusement ses lèvres.

En disant cela, Yolande pâlit et s'appuya au dossier de son lourd fauteuil pour ne pas tomber.

Le comte ne la perdait pas de vue, il lisait ce qui se passait en elle, et souriait.

« Hélas! songeait la jeune fille, que ne puis-je dire mon secret! C'est Jehan seul que j'aime... et je ne dois pas songer à lui! On me destine un grand seigneur, quelque baron, quelque comte peut-être! Quel malheur pour moi, et comme je me sens triste!

— Yolande! dit le comte, préparez-vous à entendre une chose qui vous causera un grand plaisir.

— Oui, père, répondit tristement Yolande.

— Donnez-moi votre main. »

Yolande posa sa petite main tremblante dans celle du comte.

« Chevalier, dit alors le sire de Beaumont en se retournant vers Jehan, le connétable de Richemont vous a fait un présent d'une grande valeur en vous donnant l'éperon d'or; à mon tour je veux vous payer ma dette de reconnaissance.

— Messire...

— Mon présent est plus précieux encore que celui du connétable, car je vous donne ce que j'ai de de plus cher au monde. Vous étiez mon enfant d'adoption, vous allez devenir véritablement mon fils. C'est vous que j'ai choisi pour être l'époux de Yolande. »

En disant cela, il réunit les mains de ses deux enfants et une larme d'attendrissement roula sur sa joue.

Yolande poussa un cri de joie et Jehan sentit son cœur déborder d'enthousiasme.

« Messire, dit-il d'une voix profondément émue, vous me rendez au centuple ce que j'ai fait pour vous. Ma vie entière ne suffira pas à vous témoigner ma reconnaissance. Je vous jure de donner à votre chère fille tout le bonheur possible.

— Jehan, Jehan, je suis bien heureuse ! » dit une voix charmante.

Le comte ne répondit rien. Plus troublé qu'il ne voulait le paraître, il leva les bras pour bénir ses enfants.

CHAPITRE XXII

VICTOIRE

Les Anglais partis, le bourg retrouva sa tranquillité, et le village de Beaumont reprit son existence d'autrefois. Maître Benoît avait rouvert son auberge et Pierre avait repris ses anciennes fonctions.

Seulement la guerre avait rapproché les deux hommes. L'aubergiste traitait son jeune domestique comme son propre fils Philippe. Dame Gertrude occupait sa place accoutumée à la cuisine, à côté de la grosse bonne. Il ne manquait personne parmi ceux que nous avons vu, s'agiter dans l'auberge au début de cette histoire, sauf Sansonnet, qui avait péri, comme on l'a vu, victime de sa trahison.

Le comte de Richemont était parti quelques jours après la retraite des Anglais, emmenant avec lui Guillaume de Lusignan et ses chevaliers. L'événement le plus extraordinaire pour Beaumont durant cette période de repos fut le mariage de Yolande avec le chevalier Jehan Piquier, que le comte instituait son héritier. Ce mariage eut lieu en grande pompe dans la petite église du bourg, le 27 février 1450, un mois après le « présent du connétable ». Tous les vassaux du sire de Beaumont, réunis sur le passage du cortège, le saluèrent de leurs acclamations. Jehan avait conquis l'estime de tous par sa bravoure; il avait su se faire aimer par sa simplicité et sa douceur, au point que maître Benoît lui-même avait fait la paix avec son nouveau seigneur. Il fut l'un des premiers à manifester son enthousiasme, quand les jeunes époux traversèrent le bourg.

*
* *

Pourtant la guerre contre les Anglais n'était pas encore terminée, le connétable avait juré qu'il les chasserait de France et il ne leur laissait plus un instant de repos.

Au commencement de mars de cette même année, quelques jours à peine après le mariage de Jehan, le duc de Somerset tenta un dernier effort. Un corps anglais, composé de trois mille combattants, se dirigea sur Cherbourg après s'être augmenté de plusieurs détachements venant de Caen, de Bayeux et de Vire. Cette petite armée réussit à s'emparer de Valognes et, se dirigeant vers l'est, projeta de gagner Caen par les Grèves.

Jehan, marié depuis quinze jours, n'hésita pas à quitter sa jeune épouse pour se joindre à l'armée du connétable et lui prêter le secours de son bras. Vêtu d'une riche armure, dont le comte lui avait fait présent, le jeune chevalier fut assez heureux pour rejoindre les Français aux environs de Formignies.

Il se mêla au corps de cavalerie que le comte de Clermont amenait à la rescousse, et les Anglais, qui s'étaient réfugiés dans le village, furent contraints à livrer bataille. Le connétable de Richemont, avec ses quinze cents cavaliers, enfonça les lignes anglaises. Le comte de Clermont fit merveille et Jehan Piquier se signala par de nouvelles prouesses.

L'armée anglaise, complètement défaite, dut renoncer à sa tentative. Jehan regagna le castel au plus vite, heureux d'avoir contribué, dans la mesure de ses moyens, à la délivrance de la Normandie.

Cette fois, le calme régnait dans la province. Le comte vint au-devant du jeune héros, et Yolande lui fit promettre de ne plus la quitter avant longtemps. Ce à quoi Jehan consentit volontiers, comme bien on pense.

Le castel Beaumont ne connut plus les mauvais jours. Le comte vécut de longues années et s'éteignit à un âge avancé, aimé et regretté de tous.

Jehan, devenu châtelain, s'ingénia à faire des heureux dans ses domaines, si bien que Yolande et lui coulèrent des jours exempts d'inquiétude. Un fils et une fille leur vinrent et héritèrent des vertus de leurs parents.

Trois ans après les événements que nous venons de

raconter, le 9 octobre 1453, les Anglais étaient définitivement chassés de France, comme l'avait souhaité Jeanne d'Arc, comme l'avait promis le connétable et comme l'avait voulu Jean Bureau.

Voici, d'après une très vieille chronique, de quelle façon le fils d'un simple artisan devint grand seigneur; comment Jehan Piquier passa de la condition d'homme libre au rang de chevalier; comment enfin, grâce à son énergie et à son courage, il fut un jour le maître respecté du castel Beaumont.

Fabriqué en France.

42021. — 1928. — Tours, impr. Mame.

www.ingramcontent.com/pod-product-compliance
Ingram Content Group UK Ltd.
Pitfield, Milton Keynes, MK11 3LW, UK
UKHW031855260826
14628UKWH00002B/793

9 782329 207322